Societäts-Verlag (Hg.)

Weihnachtlich
Kurzgeschichte

Societäts-Verlag (Hg.)

Weihnachtliche KURZGESCHICHTEN

Zum Schmunzeln und Schmökern

SOCIETÄTS
VERLAG

FSC
www.fsc.org
MIX
Papier aus verantwortungsvollen Quellen
FSC® C083411

Satz: Bruno Dorn, Societäts-Verlag
Umschlaggestaltung: Julia Desch, Societäts-Verlag
Umschlagabbildung: Olga Zarytska/Shutterstock
Druck und Verarbeitung: CPI books GmbH, Leck
Printed in Germany 2021

ISBN 978-3-95542-406-0

Besuchen Sie uns auch im Internet:
www.societaets-verlag.de

INHALT

VORWORT

Man wird nur einmal im Leben 100 Jahre alt, dachte sich das Team des Societäts-Verlags – und forderte kurzerhand erstmals deutschlandweit alle Journalistinnen und Journalisten aus den Redaktionen der Ippen Mediengruppe zu einem Kurzgeschichtenwettbewerb auf. Ob Mord unterm Tannenbaum, Familieneklat (oder -versöhnung?) am Heiligen Abend, Verbrecherjagd über den Weihnachtsmarkt oder Geschenkemafia – alles, was zum Thema »Weihnachten« einfiel, war ausdrücklich erlaubt.

Herausgekommen sind viele spannende, kreative, manchmal mörderisch-lustige, manchmal kuschelig-nostalgisch anmutende, in jedem Fall kurzweilige Geschichten, die unter jeden vernünftigen Tannenbaum gehören.

Freuen Sie sich auf einen Weihnachtsmann, der sich gegen den Wandel der Zeit sträubt. Auf einen Kater aus einer anderen Welt, der sein Unwesen in der Weihnachtszeit treibt. Auf bewaffnete Weihnachtsmänner, vermeintliche Unfälle, ein wenig Konsumkritik, unerwartete Begegnungen, aber auch Rachefeldzüge und jede Menge Intrigen. Und auf manch einen, der für ein friedliches Weihnachtsfest zu Hause buchstäblich über Leichen geht …

Machen Sie sich es sich gemütlich und lassen sich beim Schmökern von unseren Geschichten überraschen. Wir wünschen Ihnen beste weihnachtliche Unterhaltung!

Das Team des Societäts-Verlags

ACH, KRAMPERL!

VON SABINE HAGEMANN

Mit etwas Argwohn betrachtete Nikolaus den Tannenzapfen, der auf der Oberfläche seines Tees schwamm. Doch da ihm die Mixturen seines alten Gefährten und dessen Frau bisher stets erquickender Labsal waren, nahm er einen ordentlichen Schluck des dampfenden Trunks, der ihm wohltuend die Kehle hinabrann. Er schmeckte Honig, Harze und Salbei heraus. Und Schnaps. »Hmmh«, entfuhr es Nikolaus zu dem, was ihm da gerade über die Zunge spaziert war. Krampus legte Feuerholz nach, grinste schief und entblößte dabei eine Reihe spitzer Fangzähne. Es war Nikolaus' erster Besuch bei Krampus seit der Trennung. Der zottige Geselle lebte mit seiner Frau Perchta, die ihrem Gemahl in verfilzter Behaarung und respekteinflößendem Gehörn in nichts nachstand, in einer Höhle tief im Wald in den Bergen. Der Eingang zu ihrer finsteren Behausung lag versteckt hinter einem dichten Vorhang aus den Wurzeln einer uralten Kiefer, die sich über der Höhle ins Erdreich klammerte. Niemand vermochte zu sagen, wie weit sich das Gewölbe in den Untergrund erstreckte. In das Innere ihres Baus hatte Nikolaus nur einmal einen flüchtigen Blick durch die lehmverkrusteten Wurzelfasern geworfen. In der Dunkelheit war jedoch nichts zu erkennen. Nikolaus hatte auch nie das Bedürfnis verspürt, in das Innere der Höhle vorzudringen. Obschon er viele Jahrhunderte mit seinem widerborstigen Gehilfen zusammengearbeitet hatte, blieb die Schreckgestalt an seiner Seite für ihn sogar immer ein wenig unberechenbar.

Es war ihm im Herzen daher recht bang, als er Krampus vor einigen Jahren schlechte Nachrichten zu übermitteln hatte. Er erinnerte sich noch gut an seine damalige Aufwartung. Auch bei dieser Gelegenheit hatten sie zu dreien – Nikolaus, Krampus und Perchta – beisammen am prasselnden Feuer vor der Höhle gesessen. Nikolaus hatte an seinem Tee genippt, der nach Wacholderbeeren, Schafgarbe und Mariendistel geschmeckt hatte. Und Schnaps. Krampus war voller Tatendrang gewesen, hatte er sich doch übers Jahr wieder neue Methoden einfallen lassen, die unartigen Kinder zu bestrafen, während Nikolaus stets die guten Mädchen und Jungen beschenkte. Gestenreich hatte Krampus davon fabuliert, die bösen Schlingel, wenn sie vor ihm davonliefen, mit seiner meterlangen Zunge blitzschnell einzufangen und sie in einen stinkenden Sack aus grober Jute zu stecken, bis sie klein beigaben und fortan versprachen, der Mutter im Haus zur Hand zu gehen oder den Hund nicht mehr mit Steinen zu bewerfen. Doch noch während sich der Zottige so wortreich in seiner Vorfreude ergangen hatte, hatte Nikolaus zu Boden geblickt und sein weißbehaartes Haupt geschüttelt. Als Krampus endlich verwundert innegehalten hatte, war es an Nikolaus, all seinen Mut zusammenzunehmen und sein Gegenüber wissen zu lassen: »Ach, Kramperl, die Zeiten haben sich geändert. Es gibt zwar nach wie vor artige und unartige Kinder, aber die unartigen bestraft man nicht mehr.« Krampus hatte abgewunken: »Ja, lieber Nikolaus, ich weiß, wir haben uns doch schon vor Jahren darauf verständigt, dass ich keine Rute mehr auf Kinderpopos tanzen lasse. Deshalb ja die Idee mit dem Sack. Ich jage den Strolchen nur einen tüchtigen Schrecken ein. Und auch nur den ganz Unbelehrbaren. Den meisten genügt ja schon alleine mein Anblick.« Dabei hatte er stolz mit seinen behaarten Krallenhänden auf sein pechschwarzes Fell gedeutet und danach auf sein schauriges Gesicht sowie seine mächtigen, in sich gedrehten Hörner, die in einem weiten Bogen über seinen Schädel bis in den Nacken reichten. Doch Nikolaus hatte nur weiter den Kopf geschüttelt. »Ich kann das nicht mehr verantworten. Wir laufen Gefahr, dass uns die Eltern vor das Hohe Gericht stellen«, hatte er zu verstehen gegeben. »Und nur kurz mal mit der Zunge einfangen? Ohne die Bengel in den Sack zu stecken? Ich habe fast das ganze Jahr geübt ...«. »Es tut mir leid«, hatte Nikolaus geantwortet und einen tiefen Seufzer ausgestoßen, »ich bin hergekommen, um unsere Zusammenarbeit zu beenden.«

Nikolaus hatte eigentlich einen Wutausbruch seines bisherigen Genossen erwartet, der den ganzen Wald mit einem so gewaltigen Donnerhall erschüttert hätte, dass die Vögel tot aus den Bäumen gefallen wären. Doch stattdessen war das unheimliche Wesen verstummt und schaute Nikolaus traurig an. Seine sonst tiefdunkelrot glühenden Augen hatten mit einem Mal all ihre Leuchtkraft verloren. Der massige Körper war in sich zusammengesackt. »Heißt das ...?« »Ja«, hatte Nikolaus da mit Bedauern gesprochen, »ich werde fortan alleine losziehen und alle Kinder beschenken. Den Rüpeln versuche ich, dabei ins Gewissen zu reden. Vielleicht kann ich sie so auf den rechten Pfad bringen.« Krampus hatte schnaubend durch seine schlitzförmigen Nüstern ausgeatmet, sodass kleine Wölkchen in der Luft schwebten. Frau Perchta hatte ihrem Gatten mit ihrer schwieligen Pranke über den pelzigen Rücken gestreichelt, bevor sie seinen Arm tätschelte. »Ach, Kramperl! Du findest sicher eine andere Aufgabe«, wollte sie ihm Mut zusprechen und suchte seinen Blick. Er hatte ihr schließlich das gehörnte Haupt zugewandt und legte seine Tatze auf ihre. »Das kann ich mir beim besten Willen nicht vorstellen. Wer will heutzutage schon mit einem 431 Jahre alten Kinderschreck zusammenarbeiten?«, hatte Krampus entgegnet, sich schwerfällig erhoben und Nikolaus zugenickt. »Ich werde unsere gemeinsamen Auftritte in den Wohnstuben sehr vermissen. Leb wohl, mein Freund.« Mit diesen Worten hatte er sich in die Tiefen seines unterirdischen Domizils begeben, ohne Nikolaus' Abschiedsgruß abzuwarten.

In dem bärtigen Mann war die Bestürzung ebenfalls groß gewesen. Unmittelbar nachdem er die Trennung ausgesprochen hatte, fühlte er sich dem dämonischen Geschöpf verbundener denn je zuvor. Er glaubte, eine Träne in Krampus' Augenwinkel gesehen zu haben. Aber er konnte sich auch täuschen, denn es hatte gerade wieder angefangen, zu schneien. Möglicherweise war dort auch nur eine besonders dicke Schneeflocke geschmolzen. Ratsuchend hatte Nikolaus Frau Perchta angeschaut, die draußen bei ihm geblieben war. Ihr hellgraues Fell war weiß durchwirkt, sodass es aussah, als würden Daunenfedern darauf ruhen. Ihre Hörner glichen denen einer Alpensteingeiß. Sie war ein Stück kleiner als ihr Gatte und zählte auch nur halb so viel an Lebensjahren. Sie war angesichts der schlimmen Nachricht recht gefasst geblieben. »Das musste ja einmal so kommen«, hatte sie schlicht gesagt, und schien dabei eigenen Gedanken nachzuhängen.

Und nun saß Nikolaus erneut mit Krampus und Frau Perchta am prasselnden Feuer vor dem Höhleneingang. Der Wald war abermals dabei, sein Winterkleid anzulegen. Die Laubbäume hatten all ihre Blätter abgeworfen, die Fichten waren von so tiefem Grün, dass sie fast schwarz wirkten. Die ruhigen Gewässer, die nicht wie die klaren Gebirgsbächlein in Bewegung waren, überzog eine dünne Eisschicht. Nikolaus rückte näher an die wärmenden Flammen. »Wie ist es dir bislang ergangen, mein Freund?«, fragte er behutsam. Krampus zuckte die breiten Schultern. »Wir haben uns der Hauswirtschaft gewidmet. Ein wenig Platz gemacht. Uns von alten Dingen getrennt«, fasste Krampus zusammen. Nikolaus warf einen kurzen Blick auf Frau Perchta, denn er vermutete, dass eher sie es war, die Krampus dazu überredet hatte. Und da sie still lächelte, fühlte er sich in seiner Annahme bestätigt.

Nun jedoch war Nikolaus an der Reihe zu erzählen, wie sich die adventlichen Hausbesuche ohne seinen bestrafenden Knecht gestalteten. Aus dem alten Mann sprudelte der Bericht nur so hervor, als hätte er schon lange eine Gelegenheit herbeigesehnt, sein Herz auszuschütten. »Ach, Kramperl, es ist schlimm. Der Glanz in den Wohnstuben kommt nicht mehr vom Schein heimeliger Kerzen. Stattdessen zucken bunte Lichter in den Fensterrahmen, dass einem ganz schwindelig wird. Die Familie sitzt auch nicht mehr zusammen an einem Tisch – wenn man überhaupt das Glück hat, alle zu Hause anzutreffen. Musik wird nicht mehr selbst gemacht und frag' erst gar nicht nach Gedichten. Ich weiß nicht, wie lange es her ist, dass mir ein Kind einmal etwas Selbstgebasteltes überreicht hat.« »Und die bösen Kinder? Was ist mit denen?«, wollte Krampus wissen. »Ach, weißt du, ich denke, die bestrafen sich schon selbst. Der Grund dafür, dass sie sich danebenbenehmen, ist, dass sie kein Gewissen mehr haben. Das rührt wiederum daher, dass sie für sich keine Hoffnung sehen. Und das ist eigentlich schon die schlimmste Strafe«, sagte Nikolaus betrübt. »Und ich verliere langsam auch die Hoffnung. Dieses Jahr versuche ich es noch einmal. Vielleicht gelingt es mir ja, wenigstens bei einer Familie – ja, nur bei einer, du siehst, Krampus, wie weit es mit meinen Ansprüchen gekommen ist – etwas vom Zauber der Weihnacht zu spüren. Aber wahrscheinlich bin ich auch nur ein alter Zopf, den man am besten abschneidet.« Krampus blickte seinen einstigen Partner mit großen roten Augen an. So melancholisch kannte er den alten Mann gar nicht. Schnell schenkte er ihm Tee nach und legte ihm dann seine riesige Pranke auf die Schulter. »Es tut mir leid, das zu hören«, sagte er mitfühlend. Und während die beiden den alten Zeiten nachtrauerten, lächelte Frau Perchta weiter still vor sich hin.

Nachdem Nikolaus gegangen war, schickte sich das zottige Paar an, nach drinnen in die Höhle zu gehen. Krampus stand noch immer unter dem Eindruck des gerade Gehörten. »Weißt du, liebste Perchta, es ist so ungerecht. Ja, ich habe mit ihm gehadert, als er mich aus seinen Diensten entlassen hat. Am liebsten hätte ich ihn statt der bösen Kinder in den Sack gesteckt, das gebe ich ehrlich zu. Aber ihn jetzt so am Boden zu sehen«, fuhr Krampus fort, »das tut mir weh. Das hat er nicht verdient. Ich würde ihm gerne helfen, doch ich weiß nicht wie!« »Ach, Kramperl«, sagte da Frau Perchta und nahm ihren Mann bei seinem haarigen Arm. »Komm einmal mit, ich will dir etwas zeigen.« Beim Betreten ihrer Behausung wollte Krampus eigentlich noch fragen, was es mit dem merkwürdigen Kästchen auf sich hatte, das dort auf dem Boden stand. Und warum daran hellgrüne Lichtchen leuchteten und blinkten. Doch als ihn Frau Perchta in jenen Teil ihres Baus führte, den sie unter seinem Protest schließlich gemeinsam leergeräumt hatten, hatte er das Kistlein mit den Lichtlein schon wieder vergessen. Dort standen nämlich etliche weitere merkwürdige Kästen. Manche waren zum Aufklappen. Einige waren über rätselhafte Schnüre miteinander verbunden. Es summte geheimnisvoll. Vor Krampus' Augen tanzten leuchtende Zahlen und Buchstaben, in seinem Kopf nur große Fragezeichen. Er blickte Perchta an. »Setz dich«, beschied da die holde Gattin, »du hast jetzt viel zu lernen, Kramperl.«

Es war Nikolausabend. Möglicherweise mein letzter, dachte Nikolaus grimmig, als er sich auf den Weg durch die vorweihnachtliche Stadt machte. Diese wilden, bunten Lichter – an die konnte er sich einfach nicht gewöhnen. Andererseits war er froh, wenn es überhaupt ein Funkeln gab. In den Häusern waren die Fenster erleuchtet. Meist flackerte ein bläulicher Schein durch die Stuben. Der kam von diesen lebendigen Rahmen, wie Nikolaus sie nannte. Die Menschen sahen dort hinein, weil darin Geschichten erzählt wurden. Und das nicht nur mit Worten, sondern in Bildern, die sich bewegten. Nikolaus atmete tief durch und läutete an einer Tür. Von drinnen hörte er eine aufgeregte Stimme: »Das ist doch jetzt hoffentlich endlich der verfluchte Lieferando-Bote! Das ist ja wohl das Letzte, dass man auf eine verkackte Familienpizza mehr als 80 Minuten warten muss. Trinkgeld kann der vergessen, und wenn die Scheißpizza kalt ist, gibt's eine Bewertung, mit der der Laden keinen Fuß mehr auf den Boden kriegt!« Nikolaus wollte schon kehrtmachen, aber da er in der Schimpftirade das Wort »Familie« vernommen hatte, hoffte er doch auf das Beste. Ein junger Mann – er mochte so um die 15 Jahre gewesen sein – riss die Tür so heftig auf, dass Nikolaus unwillkürlich zurückwich. »Was bist'n du für einer? Mooom, hier steht ein alter Sack mit 'nem Sack, sag nicht, dass das dein neuer Lover ist, ey, dann flipp ich aus!«, brüllte der Bursche über die Schulter in die Wohnung und übergab der herannahenden Mutter die Tür, während er selbst wieder in die Wohnstube stapfte. Eine Frau Mitte 40 bedeutete Nikolaus mit hochgehaltener Hand, dass er sich wohl noch gedulden müsse, denn sie hörte offenbar einer Stimme zu, die aus einem kleinen flachen Rechteck kam, das sie an ihr Ohr hielt. Ein magisches, weißes Leuchten aus dem Rechteck erhellte kurz eine Seite ihres müden Gesichts. »Hören Sie, ich weiß, dass Sie gerade viel zu tun haben, aber wir haben vor fast anderthalb Stunden bestellt. Wenn das Essen nicht in zehn Minuten da ist, können Sie die Pizza stornieren. Ja. Mir doch egal. Nein, wir wollen einfach nur was essen.« Das Gespräch war anscheinend beendet, denn die Frau sah nun Nikolaus an – allerdings mehr abweisend als erwartungsvoll. »Ja?« Der alte bärtige Mann räusperte sich. »Ich habe gehört, dass hier gute Kinder wohnen«, sagte er und gab sich große Mühe, feierlich zu klingen. Die Frau warf den Kopf in den Nacken und lachte hysterisch. »Das waren dann wohl Fake News«, erwiderte sie bitter. »Kommen Sie rein und schauen Sie, ob Sie welche finden. Ich bin gespannt.« Der Heranwachsende von vorhin hatte sich auf ein großzügiges Sitzmöbel geflätzt. Seine spitzen Knie bohrten sich durch die ausgefransten Löcher in seiner Hose. In den Händen hielt er eine Art Plastikknochen, auf dem er in geschwinder Folge verschiedene Knöpfe drückte. Auf dem lebendigen Bilderrahmen, auf den er sich konzentrierte, herrschte derweil Krieg. Bewaffnete Soldaten rückten vor, nahmen ihre Gegner ins Visier – sogar jene, die sich hinter den Wänden versteckt hatten – und schossen sie nieder. Ein kleinerer Junge, er mochte vielleicht fünf Jahre alt sein, saß am Tisch und starrte ebenso auf einen lebendigen Bilderrahmen, auf einen kleineren, auf dem er wieder und wieder mit einem Finger umherwischte, um aufgemalte Obstsorten zu zerteilen, die dort erschienen. Die Mutter hatte sich auf die Sofalehne gesetzt und tippte mit dem rechten Daumen auf ihrem kleinen Rechteck herum. Nikolaus' Herz wurde schwer. Jeder war mit sich selbst beschäftigt und von weihnachtlichem Glanz fehlte jede Spur. Er schickte sich an, sein Goldenes Buch zu zücken, in dem die Wünsche, aber auch Nöte sowie gute und weniger gute Taten aller Kinder verzeichnet waren. Währenddessen fragte er: »Kann mir denn jemand ein Nikolausgedicht aufsagen?« Da schaute die Mutter kurz von ihrem Rechteck auf und rief in den Raum: »Alexa, sag ein Nikolausgedicht auf!« Das Herz des Nikolaus füllte sich mit Hoffnung. Gab es hier ein kleines Mädchen, das noch mit einer guten alten Tradition vertraut war und gleich im festlichen Kleidchen und mit einer lieben Puppe im Arm um die Ecke gesprungen kam, um ihn mit fröhlich vorgetragenen Versen zu Tränen zu rühren? Nein. Stattdessen machte sich eine kleine graue Dose bemerkbar, an deren Rand sich kurz ein blauer Lichtkreis drehte. »Von drauß' vom Walde komm ich her, ich muss euch sagen, es weihnachtet sehr …«, tönte es aus der kleinen Büchse. Nikolaus rang um Fassung. Doch weiter als bis zur Stelle ›Knecht Ruprecht, rief es, alter Gesell, hebe die Beine und spute dich schnell!‹ kam diese seltsame Alexa nicht. Als wäre dies ein Stichwort gewesen, veränderten sich die lebendigen Bilderrahmen. Alles dort Gezeigte zerfiel in kleine Quadrate. Dann kamen Schwärze und Stille. Doch plötzlich wie aus dem Nichts füllte ein dem Nikolaus nur allzu vertrautes Gesicht die Bilderrahmen und er hätte am liebsten einen Luftsprung getan. Noch nie hatte er sich so sehr gefreut, Krampus' garstige Fratze zu sehen. Und der schaurige Geselle zog alle Register. Seine Augen glühten wie tausend Höllenfeuer. Sein raubtierhaftes Grinsen war so entsetzlich anzusehen, dass alle Familienmitglieder zusammenzuckten. »Ho ho ho«, höhnte die tiefe Bassstimme des Krampus durch den Raum, »na, was haben wir denn da? Unartige Kinder, die dem guten Nikolaus nicht den gebührenden Respekt zollen?«, rief das Ungeheuer und ließ seine feuerrote, meterlange Zunge wie eine Peitsche aus seinem vor Geifer triefenden Maul schnellen. Die Familie war aufgesprungen und die drei hielten sich verängstigt aneinander fest. »Jemand hat uns gehackt, shit!«, rief da der Halbwüchsige mit Schweißperlen auf der Stirn. »Oho, für dieses schmutzige Wort – vor allem in der Gegenwart des Nikolaus – gibt es eine Strafe! Alexa, sag du es ihnen«, tönte Krampus. Wieder erschien der blaue Lichtkreis auf dem grauen Büchslein. »Ihr Kontostand beträgt null Euro«, verkündete eine blecherne Stimme. Mit schreckgeweiteten Augen blickte die Mutter erst ihre sprechende Dose an, dann das Ungetüm auf dem Bildschirm. Krampus lachte laut und schrie: »Jaahaa, und all eure lahmen Selfies hab ich auch durch den Schredder gejagt. Nein, warte, ein paar recht interessante waren dabei, nicht für mich, aber vielleicht für deinen Schulleiter. Und schon versendet! Viel Spaß wünsche ich euch dann auch noch mit meinen Freunden, den Würmern, Viren und Trojanern.« Dann grinste er den 15-Jährigen auf das Bösartigste an. »Ach ja, was deinen Counter-Strike-Highscore angeht, tja, da musst du wohl noch mal von vorne anfangen«, grölte er triumphierend und lachte schauerlich. Längst hatte er sich der App zur Steuerung von Licht und Heizung bemächtigt, denn in der Wohnung wurde es kalt und dunkel. Gerade als sich Krampus knurrend dem jüngsten Spross zuwenden wollte, spurtete dieser in die Küche und kam mit einem Teller voller Plätzchen zurück. Die Kekse drohten herunterzufallen, weil die Hände des Jungen zitterten, aber er hielt Nikolaus tapfer die Leckerei hin und fragte mit dünner Stimme: »Akzeptieren Sie meine Cookies?« Nikolaus wusste, dass sie nicht selbst gebacken waren, aber er würdigte die Geste. Er beugte sich zu dem Kleinen hinunter, sprach sanft: »Nur einen«, und wählte diesen mit Bedacht aus. Im Anschluss wandte er sich an Krampus und bat ihn, seine Verwüstung wieder rückgängig zu machen. Krampus tat so, als würde er sich winden, und rang der Familie noch allerlei Versprechen für die Zukunft ab, bis er und Nikolaus in stiller Übereinkunft entschieden hatten, dass es der Strafe nun genug war.

Einige Zeit später saßen Krampus, Perchta und Nikolaus wieder einmal beim Feuerschein vor der Höhle im Wald. »Ach, Kramperl, du lehrst den Unartigen mit deinen Cyberattacken ganz schön das Fürchten«, sagte Nikolaus und Krampus antwortete: »Ja, doch wäre meine liebste Perchta den technischen Neuerungen gegenüber nicht so aufgeschlossen, wäre das mit dir an jenem Abend auch nicht gut ausgegangen.« Nikolaus nickte, trank von seinem heißen Tee und genoss den Geschmack von Minze, Bergklee und Blutwurz. Und Schnaps. »Neue Pläne für kommendes Weihnachten?«, erkundigte sich Nikolaus. Krampus und Perchta tauschten einen wissenden Blick aus, bevor sich Krampus genüsslich mit auf dem Bauch gefalteten Pranken zurücklehnte, sein breitestes Grinsen aufsetzte und sprach: »Was genau weißt du über Videokonferenz-Software und gesichtsverändernde Filter?« Nikolaus schaute seinen Mitstreiter fragend an. »Stell dir eine Online-Weihnachtsparty vor, bei der die Feiernden auf dem Computerbildschirm zusammenkommen. Doch bei den Unartigen sieht man statt der Gesichter nur Ärsche mit Ohren«, erklärte Krampus und schüttelte sich vor Lachen. Frau Perchta grinste. Auch Nikolaus schien amüsiert, nahm noch einen tiefen Schluck Tee und seufzte milde: »Ach, Kramperl!«

TRAUTES HEIM

VON PIA ROLFS

Ich muss mich auf die Weihnachtskugeln konzentrieren, damit ich nicht an die Leiche denke. Glücklicherweise ist es gar nicht so einfach, die 20 Kugeln richtig zu verteilen. Hier oben zum Beispiel sieht es noch kahl aus. Außerdem müssen sie davon ablenken, wie schief der Baum ist. Nur die ungleichmäßige Verteilung lässt ihn gleichmäßig erscheinen. »Achte darauf, dass er gerade ist«, hatte ich Stefan noch gesagt. »Lass dir nichts andrehen.« Aber es war der Tag, nachdem er den Toten weggebracht hatte, da war er mit seinen Gedanken woanders.

»Sieht schön aus, oder?«, versuche ich ihn einzubeziehen. Er blickt Richtung Fernseher, starrt vor sich hin, immer dieses Starren. Aber innerlich nickt er bestimmt, es muss ihm einfach gefallen. Ich trete zwei Schritte zurück. Die Kugeln stammen noch von meiner Großmutter. Sie sind mattviolett, das passt perfekt zu der Zimmerwand links in »Aubergine drei«. So heißt diese Farbe, in der wir sie gestrichen haben. Ich hätte »mauve« dazu gesagt, aber der Baumarkt nennt sie eben so. Nur eine Wand streichen, sonst wirkt der Raum zu klein. Das hatte ich in der Wohnzeitschrift gelesen, die ich in den vielen schlaflosen Nächten im Sommer immer durchblätterte. Und sehr groß ist die Wohnung ja nicht für zwei Personen, 55 Quadratmeter inklusive Balkon.

»Für den Preis nur 55 Quadratmeter?«, hatte Stefan entsetzt gefragt, als ich ihm die Anzeige weiterleitete. Aber dann sah er auch schnell, dass sie einfach perfekt ist. Eigentlich absurd, dass manche Frauen es über Männer sagen, denn eigentlich gilt es für Wohnungen: Es kommt nicht auf die Größe an. In diesem topsanierten Altbau lassen die hohen Wände mit dem Stuck an der Decke die Räume größer wirken, die riesigen Türen zum kleinen Balkon mit seinem schmiedeeisernen Geländer machen das Wohnzimmer hell. Und in den Winkel neben die Balkontüren passt ein Weihnachtsbaum. Als wäre der Winkel vor 120 Jahren nur dafür gemacht worden. Im Kamin an der Seite prasselt das Feuer.

Genau so hatte ich es mir vorgestellt, als ich mich in die ersten Bilder verliebte. Wenn wir dort Weihnachten feiern, haben wir es geschafft, dachte ich. Dann ist der Albtraum vorbei, und wir können durchatmen. Ich war schon so oft umgezogen, fast nie freiwillig: Mit meiner Mutter nach der Scheidung, zum Studium, den Jobs hinterher, mit meinem ersten Freund zusammen und auseinander. Immer gab es dieses furchtbare heimatlose Zwischenstadium, das erst mit den Festtagen endete. Wenn die Kugeln am Baum hingen, die Adventslichter aufgestellt waren und die kleinen zu kitschigen Engel auf der Fensterbank Platz fanden, fühlte ich: Das ist Zuhause. Als wäre Weihnachten eine Kulisse, die man aus Kisten holt und irgendwo aufstellt – und erst dann kann das Stück gespielt werden.

Natürlich änderte sich immer mal etwas im Laufe der Jahre, meistens schleichend. Etwas fiel weg, etwas Neues kam hinzu, und irgendwann wirkte das Ganze anders. Letztes Jahr etwa hatten wir noch silberne Kerzen, die sind mit einem Karton verlorengegangen. Eigentlich suchte ich sie im Keller und schaute mich noch ein wenig um, als ich plötzlich ... eine Kugel fällt mir aus der Hand, zerbricht klirrend auf dem Boden. Ein perfekt sanierter Holzdielenboden aus den 20er Jahren, zu pflegen mit Parkettpolitur, nun liegen lilafarbene Splitter darauf. Das war ein Fehler, an den Keller darf ich nicht denken. »Lass nur, ich mach schon.« Stefan kehrt die Scherben weg, wenigstens schweigt er nicht mehr. Er ist gut darin, etwas zu entsorgen.

Unsere silbernen Kerzen passten gut in den schwarzen Ständer aus dänischem Design. Er stand in der alten Wohnung auf dem Seitenregal, zehn Weihnachten lang. Stefan hatte ihn mir geschenkt, als wir zum ersten Mal zusammen feierten. »Du magst doch solche Sachen«, hatte er lachend gesagt. Damals hielt ich es für Understatement, für gespielte Schüchternheit, für Flirten. Doch inzwischen weiß ich: Er beobachtet nur, was ich mag. Aber er versteht es nicht. Vielleicht könnte er sogar Weihnachten feiern ganz ohne jede Dekoration, Männer sind zu allem fähig.

Inzwischen leuchtet der Kerzenständer hinten auf der neuen Anrichte, weit weg von dem Sofa, auf dem wir uns letztes Jahr satt und glücklich ineinander schmiegten. Das Geschenkpapier lag auf dem Boden, eine Lichterkette spiegelte sich in seinen Augen. Es war ein Weihnachtsmoment mit diesem tiefen Gefühl, dass das Jahr gut war und sein Ziel erreicht hatte. Wir dachten, alles sei in Ordnung.

Aber das Unheil war längst organisiert, wir wussten nur nichts davon. Ich habe mich oft gefragt, ob Menschen eine Vorahnung haben, wenn sie in ein Flugzeug steigen, das wenig später abstürzt. Wenn ich jedoch unsere Selfies mit den Nikolausmützen über dem sektseligen Lachen sehe, weiß ich: Wir ahnten gar nichts.

Der Anruf kam Anfang März. Wir fuhren gerade mit dem ICE und hatten kein stabiles Netz. ›Müssen reden‹ verstand ich die Wortfetzen unseres Vermieters, ›Haus verkaufen‹. Ich versprach, ihn zurückzurufen. »Mach dir keine Sorgen«, sagte Stefan sofort. »Kauf bricht nicht Miete, das weiß ich noch aus meinem Jura-Semester.« Das eine Semester, nachdem er abgebrochen hatte, hatte er bestimmt öfter erwähnt, als er jemals in der Uni war.

Sorgen machten wir uns ab Ostern. Der Vermieter hatte uns klar gemacht, dass wir ausziehen sollten. Dann könnte er die Wohnung zu einem höheren Preis verkaufen, sagte er ohne Umschweife, als sei das ein Naturgesetz, dem wir alle uns unterwerfen mussten. Für den perfekten Verkaufsabschluss waren wir ein Hindernis. Dabei hatte ich uns bis dahin immer für Traummieter gehalten: ein kinderloses Doppelverdiener-Paar ohne Musikinstrumente und Haustiere, das seit zehn Jahren klaglos die hohe Miete überwies. Er schickte uns Aufhebungsverträge zu unserem Mietvertrag an unsere Dienst-E-Mail-Adressen. Wir sollten das mal eben unterschreiben.

»Er kann Sie nicht so einfach rauskriegen«, beruhigte uns die Anwältin vom Mieterschutzbund, »Sie müssen nur immer pünktlich zahlen.« Soziale Härte wie Alleinerziehende oder Schwangere konnten wir allerdings auch nicht geltend machen, wenn es ernst würde. Ich überlegte, ob ich schwanger werden sollte. »Na, dann wird es aber ziemlich eng hier«, meinte Stefan, der das offenbar als Scherz verstand. Er hatte natürlich recht, das war kontraproduktiv. Denn was bedeutet eine Familie? Eine endlose Folge von Umzügen, weil Kinderzimmer zu eng werden, die Kleinen angeblich einen Garten brauchen, dann irgendwann ausziehen, das Haus wieder zu groß wird und schließlich eingetauscht werden muss gegen ein barrierefreies Apartment. Wer hält das in diesem Wohnungsmarkt nervlich durch?

Meine Nerven waren schon zu schwach für den Druck des Vermieters. Ab Mai begann er, Termine mit Interessenten zu machen, die durch unsere Wohnung spazierten. Eines Morgens lagen wir nackt im Bett, als es um 7 Uhr an der Tür Sturm klingelte. Damals schliefen wir noch miteinander oder hatten es zumindest vor. »Sie müssen da sein«, hörten wir ihn grölen. »Die arbeiten erst ab neun.« Lautes Gemurmel deutete eine Vielzahl an Interessenten an, Handys bimmelten. Wir erstarrten und stellten uns tot. In diesem Moment fühlte sich das fast natürlich an. Jede Lebensfreude, jede Lust war schlagartig aus meinem Körper gewichen. »Ich habe Ihnen gestern eine Mail geschickt«, behauptete der Vermieter hinterher. Tatsächlich fand ich sie später im Dienst-Postfach, das ich zwei Tage lang nicht abgerufen hatte – wir hatten Urlaub.

»Ich kann so nicht weitermachen«, sagte ich Stefan. Er wollte das Problem aussitzen, hoffte weiterhin darauf, dass sich ein Käufer fand, der uns als Mieter übernahm. Sollte der dann Eigenbedarf anmelden, hätten wir immer noch eine Kündigungsfrist. Das beruhigte mich nicht. »Stell dir vor, wenn wir so auch noch Weihnachten feiern müssen«, schilderte ich ihm meinen größten Horror. »Ich kann nicht zwischen Kisten meine Kugeln auspacken und wissen, ich hänge sie das letzte Mal hier an den Baum.« – »Dann fahren wir über Weihnachten eben mal weg oder zu deiner Mutter«, schlug Stefan vor. Er hatte nichts verstanden.

Weil ich nachts kaum noch schlafen konnte, schlich ich mit meinem Laptop und meiner Decke aufs Sofa und begann, im Internet nach Wohnungen zu suchen. Als ich den Mietpreis eingab, den wir damals zahlten, fand ich nichts in den beliebten Stadtteilen. Es gab nur Bezahlbares in Schlafstädten, in denen abends nichts los war. Oder in Brennpunkten, in denen man sich abends nicht raustraute. Familien, Randalierer, Hipster, alle hatten ihr eigenes Ghetto. Wir wollten es ruhig und doch lebendig – so wie alle, die wir kannten. »Wir müssen deutlich mehr ausgeben«, informierte ich Stefan. Er wollte immer noch abwarten. Gerade jetzt, wo ich die glitzernde Spitze auf den Baum stecke, kommt mir erstmals der Gedanke: Vielleicht war er es, der die Vorahnung hatte. Vielleicht sah er sich in Träumen schon mit der Leiche. Vielleicht blockierte er deshalb.

Anfangs schaute ich allein, verpasste aber viele Besichtigungstermine. Sie lagen in meiner Arbeitszeit, und bei 50 Interessenten am Tag wollte keiner auf mich warten. Endlich schaffte ich es, drei auf ein Wochenende zu legen, überredete Stefan mitzukommen. Wir stellten uns in Warteschlangen und trafen auf eine hochprofessionalisierte und verzweifelte Konkurrenz. Die anderen hatten Bewerbungsmappen dabei mit Gehaltszetteln und Schufa-Auskunft, die sie bereitwillig jedem übergaben, der auch nur danach fragen könnte. Keine Auskunft war zu privat, keine Kontonummer zu geheim. Wir hatten nichts in der Hand, dafür das erste Mal das Gefühl, zu wenig zu verdienen.

Manchmal ging es zu wie auf dem Basar. »Weißt du noch diese hässliche Küche, für die wir dem Vormieter 20.000 Euro Abstand zahlen sollten?«, frage ich Stefan jetzt, als ich den Braten mit meinen pastellfarbenen Küchenhandschuhen aus dem Ofen hole. Wir haben über diesen Moment damals gelacht, das könnte ihn aufheitern. »Ja, weiß ich noch«, sagt er nur müde. Er deckt das Besteck an. Zwei Messer legt er mir hin, keine Gabel, ich sage lieber nichts. »Und schau mal, was wir jetzt haben«, lächele ich ihn an, deute auf die Küche, die im Altbau-Ambiente noch moderner wirkt. Gebürsteter Edelstahl, ich habe die Fronten gestern poliert. Der neue runde Esstisch passt perfekt, auf der Weihnachtstischdecke glänzen die Sterne wie in der Zeitschrift *Living Hygge*.

Unsere Küche ist ein abgeschlossener Raum, in dem man ein Festmahl stilvoll servieren kann. Kein offener Wohn-Ess-Bereich, wo jeder vom Sofa aus die Unordnung in der Spüle sieht und die Essensgerüche sich in die Sessel verkriechen. Wir haben so viele solcher Räume besichtigt, es sind eigentlich nur Wohnzimmer mit einer Küchenzeile an der Seite. Dadurch fehlen Stellwände für Bücherregale – die Jüngeren lesen digital oder gar nicht mehr. Wenn eine Wohnung dagegen auf unsere Bedürfnisse passte, war sie sofort vergriffen. Ein sanierter Altbau schien uns unmöglicher als der Chefposten, auf den ich mich auch beworben hatte – um mehr Miete zahlen zu können.

»Frohe Weihnachten im neuen Heim!« Ich stoße mein Weinglas an seines, das er nicht anhebt. Die Kristallgläser, die ich mit der Hand abwaschen muss, hole ich nur an den Festtagen raus. Drinnen leuchtet dunkelrot Châteauneuf-du-Pape, Jahrgang 2006. Ich warte auf den Weihnachtsmoment. Stefan soll auch fühlen, dass wir angekommen sind. »Frohe Weihnachten«, sagt er, aber es wirkt mechanisch.

Als wir gegessen haben, schalte ich die Lichterkette am Baum an, lege die CD mit Weihnachtsmusik ein. Sonst hören wir nur noch Songs über Streamingdienste. Aber das ist die CD, die meine Mutter uns damals geschenkt hat. Es wäre albern, sie als Playlist nachzubilden. Wir hören sie immer, bevor wir uns bescheren. Jedes Jahr.

Mitten in ›Stille Nacht, Heilige Nacht‹ greift er plötzlich die Fernbedienung und stellt den CD-Player aus. »Wir können doch hier nicht einfach so sitzen«, seine Stimme überschlägt sich fast. »Was ist, wenn sie ihn finden?« Mir wird flau im Magen. Warum muss er denn jetzt damit kommen, nach dem Braten und dem Wein? Ich hätte noch ein Lebkuchen-Tiramisu im Kühlschrank. Aber ich merke, ich kann das Thema nicht verschieben. »Es war nicht unsere Schuld«, versuche ich ihn zu beruhigen, »wir mussten es tun.« Er wehrt mich ab beim Versuch, ihn zu umarmen. So wie ich mich in der alten Wohnung immer versteifte, wenn er mich beschwichtigen wollte. »Nein, mussten wir nicht«, beharrt er, »wir hätten weitersuchen können.«

Dabei weiß er genau, dass das nicht stimmt. Wir hatten fast ein halbes Jahr lang vergeblich nach Wohnungen geschaut, als mir meine Kollegin auf der Toilette die Nummer von dem Makler zusteckte. Obwohl ich glaubte, alle in der Stadt zu kennen, hatte ich seinen Namen noch nie gehört. Ein Geheimtipp also. »Er ist etwas eigen«, flüsterte sie, »aber vielleicht kann er euch helfen. Du musst mir nur versprechen, dass du niemals sagst, dass du die Nummer von mir hast.« Ich war bereit, alles zuzusichern, hatte in der Woche zehn Absagen und zwei unsittliche Anträge erhalten, einen davon in Gegenwart von Stefan. Und der Vermieter klingelte ständig zu unmöglichen Zeiten, er wollte uns mürbe machen. Angeblich beschwerten sich die Nachbarn über unseren lauten Sex, dabei schliefen wir seit dem letzten Versuch nicht mehr miteinander. Außerdem wurde ständig das Wasser wegen irgendwelcher Rohrarbeiten abgestellt, zu denen aber niemals ein Handwerker erschien.

Der Geheimtipp-Makler schickte mir die Anzeige sofort. Nur eine einzige. Ich konnte nicht glauben, dass diese Traumwohnung noch nicht vergeben war. Die Lage war perfekt. Sogar der Einzugstermin zum 1. November passte, nicht einmal doppelte Miete mussten wir zahlen. Wir könnten schon im Advent wieder in einem Zuhause sein, das Weihnachten im neuen Heim wäre gesichert. »Was ist der Haken?«, fragte ich scherzhaft, wohl wissend, dass ein Makler selbst in einer Wellblechhütte im Slum niemals einen Makel zugeben würde. »Makler kommt von Makel«, war im Sommer einer von Stefans Lieblingskalauern geworden. Aber der Mann am Telefon antwortete ganz ernst: »Es gibt da tatsächlich etwas. Sie müssen noch ein paar Dinge entsorgen, das schafft der Vormieter in der Eile nicht«, sagte er. »Wir schreiben Ihnen das auch in den Vertrag.«

Wir konnten nicht glauben, dass das alles war. »Kein Abstand?«, fragte Stefan skeptisch, »keine Staffelmiete, keine Befristung, keine Kopplung an die Energiekosten, keine Gartenpflege für die Großmutter, kein Fernsehen mit dem sozial isolierten Sohn?« Wir hatten schon einschlägige Erfahrungen gesammelt. »Nein«, sagte ich, »wir müssen da bloß ein paar Sachen wegschaffen, sicherlich sind es nur einige Fahrten zum Wertstoffhof. Vielleicht hat er noch ein paar Kühlschränke oder Farbtöpfe rumstehen.«

Wer die Leiche im Keller-Kühlschrank war, haben wir nie erfahren. Doch als ich sie fand, wusste ich sofort, dass sie gemeint war. Stefan wollte zur Polizei gehen. »Das kann unmöglich Vertragsbestandteil sein, das ist sittenwidrig«, suchte er Zuflucht in seinem einzigen Jura-Semester. Ich übergab mich im weißgekachelten Bad mit der Regenwalddusche. Als ich mir den Mund abwusch, fiel mein Blick auf die altenglischen silbernen Armaturen, auf denen »Hot« und »Cold« stand. Wie schön sie waren, sie sahen kostbar aus wie in einer Fernsehserie aus Herrenhäusern. Ich atmete durch und versuchte ruhig zu bleiben. »Aber was dann?«, erwiderte ich. »Wir müssen trotzdem ausziehen, die bekommen einen doch immer raus.« Diesen Eindruck hatte ich inzwischen gewonnen, da mochte die Anwältin vom Mieterschutzbund noch so viel erzählen. »Außerdem ist der Makler, oder wer immer den Mann getötet hat, wohl nicht zimperlich mit anderen Leuten.«

Mir wurde schlagartig klar, dass meine Kollegin davon gewusst hatte, dass wir kein Einzelfall waren. Der Gedanke war furchtbar, aber andererseits so naheliegend. »Vermutlich steckt eine ganze Organisation dahinter. Sie lässt Verbrechensopfer durch Wohnungssuchende entsorgen, die in ihrer Verzweiflung zu allem bereit sind. Wer weiß, was passiert, wenn wir uns da nicht an die Regeln halten.« Ich fürchtete ein Herauswerfen aus der Wohnung mehr als den Tod – für diesen letzten Umzug muss man wenigstens nicht selbst die Kisten packen.

Stefan hingegen hatte Angst vor dem Makler. Und natürlich merkte er, dass ich nervlich am Ende war und nicht wieder auf Wohnungssuche gehen konnte. Erst recht nicht, wo Weihnachten vor der Tür stand. Das Fest, an dem selbst Maria und Josef eine Herberge fanden. Außerdem hatten wir den Mann ja nicht umgebracht. Wir konnten ihm nicht mehr helfen, nur noch uns selbst. Das Argument zog schließlich.

Ich weiß jetzt, ich hätte mitgehen sollen. Dass er die Leiche allein weggeschafft hat, hat uns voneinander entfernt. Aber ich hatte einen Hexenschuss nach dem Heben einer zu schweren Bücherkiste, konnte nicht tragen und wäre nur im Weg gewesen. Auf meine Genesung konnten wir nicht warten, der Novembernebel war günstig für unser Vorhaben, das wir »Projekt« nannten. Das klang nach Arbeit, nach Arbeitsgruppe, nach harmloser Pflicht.

Er wickelte die Leiche in den roten Teppich aus unserem alten Schlafzimmer, den ich ohnehin loswerden wollte. Der neue ist rund und hat ein modernes Blumenmuster, ich habe ihn aus Finnland bestellt. »Skandinavisches Design ist das neue

Eiche rustikal«, hatte Stefan meine Freude mit einem zynischen Witz getrübt. Er mag den finnischen Teppich nicht.

»Lass uns den heutigen Abend nicht zerstören«, bitte ich ihn nun und drücke wieder die Play-Taste des CD-Spielers. »Es war eine schlimme Zeit, aber es ist Weihnachten, und wir haben doch immer noch uns. Versuche einfach, dich zu entspannen.« Ich merke, dass Stefan sich bemüht. ›Leise rieselt der Schnee‹, ›Alle Jahre wieder.‹ Immer dieselbe Reihenfolge, das Ritual wirkt. Bei ›Jingle Bells‹ lässt er sich umarmen, aber ich habe das Gefühl, er sieht sich dabei um.

Als es wieder still ist, stehe ich vorsichtig auf. Nach der Musik kommt die Bescherung, wie jedes Jahr. Ich habe sein Geschenk besonders liebevoll eingepackt. Sogar das Papier passt zur Wandfarbe, es hat eine Schleife mit einem Origami-Stern, für den ich eine Anleitung in einem Magazin gefunden hatte. Damals im Sommer, als mich die Umzugsangst nicht schlafen ließ. Ich hatte ihn gefaltet und aufgehoben für das Weihnachten, an dem das neue Leben beginnt. Für heute.

Er packt das Buch aus und strahlt zum ersten Mal an diesem Abend. Es ist der dreibändige Roman seines norwegischen Lieblingsautoren mit 5.000 Seiten. Stefan liebt dicke Schmöker. »Danke, das ist ja toll, daran habe ich ewig zu lesen«, freut er sich und gibt mir sogar einen Kuss, den ich leidenschaftlich erwidere. Mir ist nicht danach. Aber es soll an den Festtagen so sein wie im letzten Jahr, als wir noch nichts ahnten. Ich will ihm den Abend so schön machen wie irgend möglich.

Stefan wird das Buch hinterher sicherlich mitnehmen können. Es ist besser für ihn, wenn ich zur Polizei gehe, das ist mir klar geworden. Ich werde aussagen, dass er mir am Weihnachtsabend weinend gestanden hat, eine Leiche beseitigt zu haben. Den Mord wird man ihm wohl kaum anhängen können, es gibt ja keine Verbindung zwischen ihm und dem Opfer. Die Vereitelung einer Straftat wird nach §258 StGB allerdings mit Freiheitsstrafe bis zu fünf Jahren oder mit Geldstrafe geahndet. Jura zweites Semester wäre das vielleicht gewesen. Er hätte öfter hingehen sollen.

Ich werde die Polizei davon überzeugen, dass ich vorher nichts davon gewusst habe. Den Vertrag habe ich verschwinden lassen, der Makler wird sich ahnungslos stellen, so haben wir es besprochen. Unser neues Abkommen besagt, dass er mich nicht rauswirft, wenn ich ihn einem anderen verzweifelten Wohnungssuchenden weiterempfehle. So war es auch bei meiner Kollegin. Er weiß, dass er auf Frauen zählen kann, die eine Traumwohnung behalten möchten.

All das werde ich schaffen, denn nur so kann ich hier bleiben – ohne dass Stefan mir mit seinem schlechten Gewissen die Freude daran verdirbt. Es hätte ihn auch nicht aufgemuntert, zu hören, dass ich den Chefposten bekommen habe und sie mir jetzt auch allein leisten kann. »Ich habe eine schöne Weihnachtsüberraschung für Sie«, sagte der Direktor letzte Woche. Da war es entschieden.

Stefan schläft an meiner Seite, sein Körper ist warm von mir und dem Kamin. Ich sehe den prächtigen Stuck an der Decke, die Lichter spiegeln sich in den Weihnachtskugeln, mein Blick wandert zu den großen Balkontüren. Im Frühling werde ich sie öffnen, schon morgens mit einem Kaffee in der Hand auf die verkehrsberuhigte Seitenstraße des Szeneviertels schauen. Diese Wohnung hat alles, was ich mir je erträumt habe. Aber 55 Quadratmeter sind wirklich nicht viel für zwei Personen.

GRAUFELLIG

VON PETER VON DER BECK

Er war immer noch ein stattliches Tier. Sein dichtes Winterfell glänzte, die schwarz-weißen Flecken waren ansprechend angeordnet und er war gut im Futter. Allein Ohren und Nase zeigten, dass er in seinem Katerleben schon die eine oder andere Schlacht geschlagen hatte. Das linke Ohr wies einen Riss auf und über der Nase waren rosa Striemen – Narben. Sie stammten aus zahlreichen Kämpfen mit anderen Katern. Nur wer sich durchsetzte, durfte herrschen, und er hatte sich immer durchgesetzt.

Doch langsam und sicher wurde er alt und das Laufen fiel dem Kater inzwischen schwer. Trotz der Schmerzen in seiner rechten Hüfte bemühte er sich um einen gleichmäßigen Schritt. Nur keine Blöße geben. So schnürte er kaum hinkend über den kleinen Pfad, hob den Schwanz und markierte mit einem dicken Sprühstoß den Apfelbaum. Hier begann sein Revier. Welche Katze auch immer hier vorbeikam, würde wissen: Hier herrscht Scott, ein Kater, mit dem besser nicht zu spaßen ist. Halte dich fern oder mach dich klein und hässlich, so roch die eindeutige Botschaft. Der Kater erklomm langsam den kleinen

Hügel bis zu seinem Lieblingsbaumstumpf. Mit einem eleganten Sprung, der etwaigen Beobachtern das schmerzhafte Ziehen in seiner Hüfte verbarg, landete er auf den Resten der einst mächtigen Buche und blickte auf sein Reich.

Für eine ältere Gartenkatze herrschte er immer noch über ein beachtliches Stück Land: Es reichte von dem Bungalow, wo der Katzenhasser wohnte, über vier Gärten hinweg bis zum Schrottplatz, wo er sich beim Kampf mit dem Schäferhund Respekt verschafft hatte. Den Riss in seinem rechten Ohr hatte ihm Wotan mit seinem Eckzahn beigebracht. Der Schäferhund seinerseits hatte nun eine Narbe über der Nase. Scott hatte sie ihm mit seiner rechten Tatze verpasst. Die Fronten waren damals geklärt worden. Es gab ein Arrangement. Heute taten die beiden so, als ignorierten sie sich.

Auf der anderen Seite des Tales begann der Laubwald. Hier wohnte der unangenehme Steinmarder, mit dem er um die an Mäusen reiche Wiese konkurrierte. In der Häuserreihe davor lebte leider eine weitere Katze, die ihm gerne die Futterstelle bei der alten Zweibeinerin streitig gemacht hätte. Doch Scott verteidigte diesen Futterplatz im wahrsten Sinne des Wortes besonders verbissen. Der Konkurrent war jünger aber doch auch gehandicapt und im Grunde kein Gegner. Er hatte keine Eier mehr. Seine Menschen hatten ihn kastrieren lassen und ihm fehlte es nun an Biss. Scott kämpfte auch besonders hart um den Logenplatz bei der alten Dame, denn er hatte ja sonst kein anderes Heim. Er hätte sich auch gut vorstellen können, bei dem alten Menschen seinen eigenen Lebensabend zu genießen.

Er war in den besten Katerjahren gewesen, als er gewissermaßen peu à peu sein ursprüngliches Zuhause verloren hatte. Der ältere Zweibeiner, bei dem er ursprünglich gelebt hatte, war immer seltsamer geworden. Er vergaß seinen Namen oder – was noch schlimmer war – gar sein Futter. Auch sich selbst vergaß der alte Mensch. Als Scott eines Tages von einer längeren Liebestour im Nachbarsdorf zurückkam, war der alte Zweibeiner verschwunden. Stattdessen wohnten dort nun junge Zweibeiner. Sie tolerierten zunächst seine Anwesenheit, aber der eine der beiden musste in Scotts Nähe immer niesen oder weinen. Sie gaben ihm bald kein Futter mehr und ließen ihn bei Regen nicht mehr ins Haus. So manche regnerische Nacht musste er unter dem Rhododendron verbringen.

Scott war damals klar geworden, dass er sich etwas Neues suchen musste. Vorübergehend zog er in die leerstehende Schreinerei, die allerdings gar nicht so leer war. Er musste sich das Gebäude und seine Mäuse mit einer großen Eule teilen. Er fühlte sich nicht wohl, denn er spürte immer die Blicke des großen Vogels im Nacken. Er war sich nicht sicher, ob der große Flieger ihn nicht eines Nachts mit einer großen Maus verwechseln würde. Scott wusste: Ohne einen eigenen Menschen würde er es schwer haben in seinem restlichen Leben. Doch den richtigen Menschen zu finden, war nicht einfach. Er hatte keine Lust, dass man ihm die Eier abschnitt oder ihn zu einer Stubenkatze machte. Der Kater wollte sein Zuhause auch nicht mit Hunden oder Wellensittichen teilen. Er hatte scharfe Krallen, er hatte gute Zähne und er war schnell, er würde schon durchkommen, sagte er sich. So versuchte er es mit dem Laubwald. Hier gab es kaum Zecken, aber auch wenig Deckung und nur wenige Mäuse. Nach einer regnerischen Woche hatte er genug vom Leben im Wald. Der Kater sehnte sich nach einem warmen Schlafplatz und einem Menschen, dem er vertrauen konnte.

Geblieben war ihm schließlich als Option die Nachbarin. Er mochte sie. Die alte Zweibeinerin hatte ein graues Kopf-Fell und konnte auch nicht mehr so gut laufen. Und wenn er Glück hatte, dann ließ sie ihn in ihre Wohnstube, gab ihm Milch und gekochten Schinken. Manchmal saß er nach einer üppigen Mahlzeit auf ihrer Fensterbank, leckte sich die Schnurrhaare, fuhr zufrieden mit den Pfoten über die Ohren und blickte mit Genugtuung auf eine jüngere Katze hinab, die mit der Hoffnung auf zusätzliches Futter einen Abstecher zu Erika gemacht hatte – und leer ausging.

Ganze Tage verschlief er so bei der alten Zweibeinerin. Und er ließ sich verwöhnen. Er lag dann vor Wohlbehagen schnurrend neben ihr auf diesem breiten Schlafplatz. Auch die alte Dame schlief gerne auf dem Sofa, während aus dem großen flachen Kasten unverständliche Laute klangen. Gelegentlich half er ihr. Er fing ab und zu eine der lästigen Wühlmäuse oder gar eine der dreisten Ratten. Die Zweibeinerin freute sich immer ganz arg, wenn sie eine dicke tote Wühlmaus vor ihrer Haustür fand, da war sich Kater Sott ganz sicher.

An diesem besonderen Tag machte er sich mal wieder auf den Weg zu seinem alten Menschen. Er überquerte die Spielstraße, schlüpfte durch die Hecke und gelangte in den großen Garten, in dem noch ein wenig Schnee lag. Er hatte schon bemerkt, dass wieder diese besondere Zeit für die Menschen angebrochen war. Dem Kater gefiel es. Es gab dann immer diese Zweibeiner-Gewohnheiten: Überall standen plötzlich kleine oder größere Bäume in den Räumen, die mit allerlei buntem Spielkram behängt waren. An einem Tag kamen auch viele große und kleine Menschen zusammen, tauschten kleine und große Pakete aus und aßen ganz furchtbar viel. Als er noch ein junger Kater war, fiel dann auch für ihn manchmal etwas ab. Gut erinnerte er sich daran, dass er damals bei dieser Familie ein großes Stück von einem gebratenen Riesenvogel bekam.

Auch hier bei Oma Erika, wie die anderen sie nannten, gab es wieder eine kleine Tanne, an der allerlei Krimskrams hing – sehr verlockend, um einmal die Tatzen an einem der glitzrigen Gehänge auszuprobieren. Doch er hielt sich zurück. Auch wenn es ihm in den Pfoten juckte, so war er doch schon so lange kein kleines Kätzchen mehr.

Scott ging also zielstrebig zu Erika, setzte sich vor die Tür und bat wieder um Einlass: Er miaute laut und vernehmlich. Nicht lange dauerte es und die Tür öffnete sich einen Spalt. Scott ging würdevoll, mit aufgerichtetem Schwanz hinein und steuerte zielstrebig seinen Futterplatz am Ende des langen Flurs an.

Nun wartete er darauf, dass ihm die graufellige Zweibeinerin endlich das Milchschälchen hinstellte. Er schnurrte laut in Erwartung der Köstlichkeit und rieb seinen Kopf an ihrem Bein. Sie gab ihm die Milch und die Schale war diesmal besonders voll. Er schlappte die Milch so lange aus dem Schälchen, bis seine Zunge wehtat. Erwartungsvoll blickte er schließlich nach oben, denn er spekulierte auf gekochten Schinken. Und tatsächlich – sie ließ sich nicht lumpen und gönnte ihm gleich drei Scheiben. Er wollte sich zunächst über die extra Wurst freuen, doch etwas war anders. Die Wurst schmeckte genauso lecker und saftig wie ein junges abgehangenes Mäuschen, doch die alte Zweibeinerin roch anders als sonst.

Der empfindliche Kater erspürte bei ihr ein Gefühl, das auch er zuweilen kannte, aber nicht so recht artikulieren konnte. Es war dieses Gefühl, das er immer hatte, wenn er die Nähe von anderen brauchte und nicht bekam. So war es ihm im Laubwald ergangen. Die Zweibeinerin gab ein paar Worte von sich, doch sie sprach nicht zu ihm, sondern in dieses kleine flache Ding, aus dem Laute von anderen Menschen kamen. Er verstand recht gut die komplizierte Zweibeinersprache: Jemand würde nicht kommen.

Und die graue Zweibeinerin wischte mit einer Pfote durch ihr Gesicht. Dann setzte sie sich hin, legte das flache Sprechdings auf den Tisch und sah dem Kater zu, der sich wieder der Wurst zugewandt hatte. Schließlich ging sie langsam in ihr Wohnzimmer. Sie schaltete die Kiste an, in der Minizweibeiner mit Gesichtsbedeckungen zu sehen waren. Der alte Mensch setzte sich auf das für eine Person viel zu breite Sofa und seufzte.

Scott putzte sich ausgiebig abwechselnd mit beiden Pfoten und gesellte sich mit einem vorsichtigen Sprung aufs Sofa zu ihr. Er tatzte vorsichtig auf ihren Schoß, schnurrte und ließ sich dort mit sicherem Instinkt in der bequemsten Position nieder. Dann schloss er die Augen. Die Zweibeinerin ließ ihn gewähren und legte ihre alte Hand auf seinen vibrierenden Katzenkörper. Die Frau starrte eine Weile in die Bilder- und Geräuschekiste, sie spürte die sich ausbreitende Wärme des Katers und erfreute sich an seiner Nähe. Dann musste sie die Augen schließen und ihr Kopf fiel auf die Brust. Auch sie fing an zu schnurren und zwar so laut, dass sie sogar die Geräusche aus der flachen Minimenschen-Kiste übertönte. Scott träumte, dass er hier bleiben durfte, dass es jeden Tag Milch und Schinken gab und dass er einen Stammplatz neben der Heizung bekam. Dann hörte er ein Geräusch. Er hob den Kopf, seine Haare sträubten sich und Furcht ergriff ihn. Ein Mensch, der nicht hierher gehörte, war im Haus. Der Kater roch das Böse.

Scott kannte den Geruch genau. Er war schon einmal in die Hände dieses bösen Menschen gefallen. Oder besser gesagt, er hatte einen schlimmen Fußtritt erhalten. Er war als junger Kater im Geräteschuppen des bösen Zweibeiners bei der Mäusejagd erwischt worden. Der schlecht riechende und mit tiefer Stimme schreiende Mann hatte ihn mit dem Schuh erwischt. Nur knapp entkam er einem weiteren brutalen Tritt, als er durch einen Bretterspalt floh. Eine Woche lang hatte der Kater wegen der Schmerzen humpeln müssen. Er hatte seitdem immer einen weiten Bogen um das Haus des Bösen gemacht. Und jetzt kam der Böse wieder zu ihm. Der Kater sprang vom Schoß der schlafenden Graufelligen und spannte die Muskeln an.

Das Haus der alten Zweibeinerin lag ein wenig abseits an einer Stichstraße. Wer zum Haus wollte, der musste zunächst die Auffahrt erklimmen. Das Haus selbst offenbarte eine gewisse zeitlose Eleganz, die gleichwohl ein wenig in die Jahre gekommen war. Die Farbe am Geländer splitterte ab, die Grundierung kam zum Vorschein. Auch das Haus hätte eine neuen Anstrich verdient. Etwas Moos lag auf dem Dach. Ein typisches Objekt, in dem meist ältere Menschen wohnten, die viel Milch und gekochten Schinken zur Verfügung hatten. Das wusste auch der böse Mensch.

Der hatte ein spezielles Hobby. Einbrechen. Er verschaffte sich Zutritt zu fremden Häusern. Er stahl Bargeld, Schmuck und was sich sonst risikolos zu Geld machen ließ. Er lebte gut davon. Gut, weil er kein Gewissen hatte, gut, weil es einträglich war. Er war schon lange im Geschäft und mit der Zeit hatte er sein Geschäftsmodell immer mehr verfeinert. Die Investitionskosten waren gering, das geschäftliche Risiko kaum der Rede wert. Das Vertriebsnetz unauffällig. Der Dieb übertrieb es nicht. Ein Nebenverdienst von ein paar Hundert Euro im Monat reichte ihm. Er war kaum 16 Jahre alt gewesen, als er seinen ersten Einbruch unternahm: Zwei Straßen weiter schlüpfte er einfach durchs Kellerfenster, drang ins Schlafzimmer ein und schaute zwischen der Wäsche. Nicht alles Geld nahm er damals, sondern nur zwei von den fünf großen Scheinen. Sein Kalkül: So fiel es am Ende nicht als Einbruch oder Diebstahl auf. Er blieb bei dem relativ risikolosen System, verfeinerte seine Technik. Und er arbeitete allein. Bargeld musste man nicht bei einem Hehler verkaufen, Goldschmuck schmolz er einfach ein. Er wusste durchaus von solchen Dingen wie ideellem Wert mancher Schmuckstücke. Es war ihm schlicht gleichgültig.

Sein Opfer-System war einfach: Haushalte von begüterten älteren Ehepaaren oder Witwen heimsuchen. Davon gab es genug. Sie wuchsen immer nach. Gerne nahm er alte Eheringe, Halsketten und Ohrringe, aber nie nahm er alles. Einen Teil ließ er zurück, wohl wissend, dass all die älteren Frauen und Männer eher an ihrem Verstand zweifelten, denn an Einbrecher zu denken. Gerne war er auch zur Weihnachtszeit unterwegs. Mehr Bargeld als sonst war in den Häusern, teure Geschenke konnte er abstauben. Er rieb sich im Geiste die Hände. Normalerweise unternahm er seine Touren nicht in der Nachbarschaft. Dieses Mal aber machte er eine Ausnahme, er kannte die Frau – da war etwas zu holen. Er hatte sie beobachtet im Edeka um die Ecke. Sie kaufte guten Wein ein, sie mochte Serrano-Schinken und hatte ein Faible für Wohnzeitschriften. An der Kasse bezahlte sie immer mit einem großen Schein. Ihren Kleidungsstil fand er sehr ansprechend. Offensichtlich war sie Witwe, denn sie trug an der rechten Hand zwei Ringe. Er freute sich schon darauf, sie zu besuchen …

Es war schon dunkel und das Haus der Frau war nicht durch einen automatischen Lichtschalter oder gar eine Kamera geschützt. Das hatte er im Vorfeld schon erkundet. So huschte er die Auffahrt hinauf, ging dicht an der Hauswand entlang zur Hintertür auf der anderen Seite des Bungalows. Er konnte sein Glück kaum fassen, die Tür war nicht abgeschlossen. Er schlüpfte hindurch und blieb einen Moment im Flur stehen. Laute Schnarchgeräusche hörte er und der Fernseher lief auch. Deutlich nahm er die Stimme von Hansi Hinterseer wahr. Dann spielten die Egerländer auf.

Der Geruch des bösen Menschen wurde intensiver. Der alte Kater knurrte und seine Angst ließ ihn die Schmerzen in der Hüfte vergessen. Er musste handeln. Denn der böse Zweibeiner würde nicht nur ihn schlimm treten. Er würde auch seiner graufelligen Zweibeinerin etwas Böses tun. Die Türklinke wurde heruntergedrückt, die Tür öffnete sich langsam. Der Kater nahm all seine Kraft zusammen und sprang.

Das Schnarchen hörte auf, der Einbrecher öffnete die Tür und schaute vorsichtig ins Wohnzimmer hinein und erwartete, eine Oma zu sehen. Doch das Sofa war leer und etwas Schweres, Knurrendes prallte gegen sein Gesicht: Er spürte Krallen, Fell und einen scharfen Schmerz. Er prallte zurück und packte voller Angst und Wut in das Fell, riss es los und warf es mit Gewalt von sich. Dann spürte er warme Flüssigkeit an seiner Wange und am Hals, Gesicht und Hände taten ihm weh. Der böse Mensch drehte sich um, sah ein kleines Ungeheuer in der Ecke und rannte zur Hintertür hinaus. Eine große Katze hatte ihn angegriffen. Er rannte die Auffahrt zurück, fiel im Dunkeln über die alten Randsteine, rappelte sich auf und rannte auf die Straße. Ein Auto fuhr langsam vorbei, der Fahrer starrte ihn mit großen Augen an. Er würde später als Zeuge auftreten.

Der Kater lag bewegungslos auf der Seite und spürte eine warme Hand auf seinem Rücken. Er wollte schnell aufstehen, aber Pfote und Hüfte schmerzten sehr. Er miaute kläglich. Die alte Zweibeinerin schaute ihn an, sprach mit warmer Stimme zu ihm und kraulte seinen Nacken. Dann nahm sie das kleine Sprechdings in die Hand und sprach hastig hinein. Der Kater schloss die Augen, er atmete schwer, es tat so weh.

HAPPY X-MAS BEI DEN BROIDYS

VON SOPHIA ADAMS

Ein alter, knatternder Ford prescht über die feuchte Straße, auf der das Regenwasser allmählich zu gefrieren beginnt. In völliger Dunkelheit leuchten keine Lichter, die auf weitere Fahrzeuge hindeuten könnten. Andrew und Hannah sind allein auf den Straßen unterwegs, seitdem sie Atlanta verlassen haben. Sie fahren aufs Land, mehrere gespenstische Wälder und leblos wirkende Dörfer haben sie bereits hinter sich gelassen. Von weihnachtlicher Stimmung kann keine Rede sein. Dennoch ist heute der 25. Dezember.

Das Paar wurde von Hannahs Großmutter Dorothy zum Essen eingeladen. Eine alte Familientradition der Broidys, die sich Jahr für Jahr wiederholt. Wie lange das wohl noch der Fall sein wird? Andrew rast über die leeren Landstraßen, während er sich diese Frage durch den Kopf gehen lässt. Dorothy ist schon 86 Jahre alt, mental nicht mehr ganz fit und an den Rollstuhl gefesselt. Den Tod scheint sie trotzdem auf Abstand halten zu können. Welch ein Jammer. Andrew ist es leid, das gleiche Weihnachtsprozedere zum dritten Mal durchspielen zu müssen. Er ist es leid, in Dorothys Haus speisen zu müssen, während die alte Frau mit teuren Kunstwerken und Dekorationen ihren Wohlstand zur Schau stellt. All das könnte Hannah gehören – und wenn es ihr gehört, darf es auch Andrew sein Eigen nennen. Mit einer heimlichen Heirat in Las Vegas hat er dafür schon vor mehreren Monaten die Weichen gestellt. Jetzt muss nur noch ein Ereignis eintreffen: Dorothy muss sterben. Bereits am heutigen Tag soll es so weit sein. Der stämmige, knapp über 30-Jährige hat dafür bereits einen Plan geschmiedet.

Von diesem Vorhaben ahnt Hannah jedoch nichts. Andrews vier Jahre jüngere Freundin sitzt tief in sich gekehrt auf dem Beifahrersitz. Sie faltet die Hände zum Gebet. Wozu sie Gott um Hilfe bittet? Mehrere Umstände bereiten ihr Kummer: Zum einen akzeptiert ihre Familie Andrew nicht als möglichen Schwiegersohn. Im Gegenteil – Mutter Mary, Onkel Harvey und Dorothy bringen ihm nichts als Verachtung entgegen. Mit seinem gesamten Lebenslauf eckt er an. Andrew wuchs in ärmlichen Verhältnissen auf. Er brach die High School ab und hält rein gar nichts vom christlichen Glauben. Hannah hingegen stammt aus einer gebildeten Familie, hat studiert und ist sehr religiös. Wie das Paar trotz seiner Verschiedenheiten schon mehr als drei Jahre gut miteinander auskommt, bleibt für die Broidys ein unlösbares Rätsel.

Zum anderen betet Hannah für ihren Vater Chester. Vor 25 Jahren starb er genau an diesem Tag in Dorothys Haus. Sie erinnert sich noch daran, wie ihre Großmutter seinen Leichnam mit einem Tuch bedeckte. Während ihre Mutter schluchzend am Boden kniete, lief der Song ›Happy X-mas‹ von John Lennon im Radio. Sie war erst drei Jahre alt, doch die Szene brannte sich in ihren Kopf ein. Die Ursache für Chesters Tod kennt sie bis heute nicht. Ihre Mutter Mary und Großmutter Dorothy haben sich nie zu den Umständen geäußert und auch deutlich gemacht, dass es nichts dazu zu sagen gibt.

Die junge Frau im schwarzen Cocktailkleid, gehüllt in einen dicken Mantel, spricht also leise ihr Gebet. Andrew beobachtet die Szene im Augenwinkel. Ihn überkommt Mitleid. Der Gedanke, dass er Hannah ausgerechnet an diesem Tag ins Unglück stürzen will, bereitet ihm Sorgen. Wie wird sie mental damit umgehen? Die Tage zuvor kam er doch längst zu dem Ergebnis, dass er die schlimmsten Folgen aus mehreren Gründen in Kauf nehmen möchte: Das Paar lebt in einer schäbigen Einzimmerwohnung in Atlanta, Andrew hat einen schlecht bezahlten Job als Mechaniker und Hannah muss ihre Studiengebühren abbezahlen. Sie können sich kein bisschen Komfort oder gar Luxus leisten. Währenddessen sitzt Dorothy auf einer riesigen Summe Geld samt teuren Kunstwerken und einer pompösen Villa. Wenn die alte Dame nicht mehr wäre, würde es den beiden womöglich besser gehen. Auch für den Fall, dass Hannahs Psyche den Verlust nicht gut wegstecken würde, wäre gesorgt. Geld für eine Therapie hätten sie dann allemal. Wenn die alte Lady nicht mehr wäre, könnten auch Mutter Mary und Onkel Harvey ihre Erbanteile erhalten. Ihr Ableben hätte in Andrews Augen also mehr Vor- als Nachteile für alle. Und er würde für Hannah doch nur das einfordern, was ihre Großmutter ihr jahrelang verwehrt hat.

Nach der langen Reise endlich angekommen, stellt das Paar sein Auto vor der Eingangstür des mit üppiger Weihnachtsdeko geschmückten Landhauses ab. Bevor Andrew aussteigen kann, hält ihn Hannah auf: »Hey, hör mal, wir haben zwar schon darüber gesprochen. Trotzdem möchte ich es sicherheitshalber noch einmal sagen: Bitte erwähne heute nichts von Vegas. Lass mich das machen. Ich weiß, dass es ihnen nicht gefallen wird.« Die junge Frau spielt mit einer Kette, deren Anhänger sich unter dem Kragen ihres Kleids versteckt. In ihre Mimik schleicht sich ein Hauch von Sorge ein, denn ihre Familie weiß noch nichts von ihrem Eheglück.

»Ich werde nichts sagen, bis du es selbst erwähnt hast. Versprochen.« Hannah nickt. Die beiden steigen aus dem Auto und laufen im Regen zur Eingangstür, an der Mary sie bereits erwartet. Im Flur fallen sich Mutter und Tochter in die Arme. Beide tragen elegante Kleidung in schwarz, um Hannahs Vater Chester zu gedenken. Andrew sieht ihnen betont lässig gekleidet zu. Der heutige Tag stellte für ihn keinen Anlass dar, sich in einen unbequemen Anzug werfen zu müssen. Während Mary ihm die Hand schüttelt, wundert er sich nicht über ihre kritischen Blicke. Die Abneigung steht ihr quer über das Gesicht geschrieben. »Wir wollen schon gleich essen. Kommt ihr mit ins Wohnzimmer?« Hannahs Mutter führt das Paar durch das Haus, das auch innen viel zu übertrieben mit leuchtend rotem Weihnachtsschmuck dekoriert ist. Das alles interessiert Andrew allerdings nicht. Seine Augen wandern von Gemälde zu Gemälde. Er weiß, dass jedes einzelne davon ein Vermögen wert ist. Dorothys verstorbener Mann Carter sei Kunstsammler gewesen, verriet ihm Hannah damals, als er zum ersten Mal hier zu Besuch war.

Dorothys quietschende Stimme reißt Andrew aus seinen Gedanken. Sie fährt in ihrem Rollstuhl auf die Neuankömmlinge zu und wünscht ihnen überschwänglich ein frohes Fest. Auch sie trägt ein dunkles Kleid, das jedoch über und über mit glitzernden Pailletten besetzt ist. Hinter ihr grinsen Harvey und seine Frau Jen dem jungen Paar entgegen. Sie erinnern an ein biederes Paar aus einer 50er-Jahre-Waschmittelwerbung. Was für eine bizarre Familie – Andrew fand die Broidys schon immer seltsam. Alle Familienmitglieder bemühen sich so sehr um einen makellosen Eindruck. Sie lächeln, sind betont höflich, zeigen Anstand. Diese Fassade hat Hannahs Freund längst durchschaut. Ihm ist klar, was sie alle von ihm halten. Das würde ihm aber niemand ins Gesicht sagen – außer Dorothy. Die Alte besitzt das Talent, eine friedliche Weihnachtsstimmung mit bitterbösen Kommentaren abrupt im Keim zu ersticken. Doch dieses Jahr sollte es ihr Tod sein, der die weihnachtliche Harmonie ruinieren würde. Um sein Vorhaben in die Tat umsetzen zu können, muss Andrew allerdings noch ein paar Stunden warten.

Die Familie setzt sich zu Tisch, auf dem bereits ein gefüllter Truthahn bereitsteht. Währenddessen zählt Andrew die vorhandenen Teller. Es sind nur sechs. Eine Person fehlt. Wo ist Dorothys Pfleger Sam? Jedes Jahr feiert er Weihnachten mit den Broidys. Heute ist er nicht anwesend. Aus unerfindlichen Gründen jagt Andrew das Fehlen des Pflegers Angst ein. Ihm brennt es auf den Lippen, nach ihm zu fragen – doch bevor er dazu kommt, schallt Dorothys schrille Stimme wie quietschende Kreide durch den Raum: »Jetzt lasst uns beten, damit wir gleich essen können. Mary, du zündest anschließend eine Kerze für Chester an.« Die alte Dame deutet auf einen improvisierten Altar, der sich neben dem gigantischen Weihnachtsbaum befindet. Darauf steht ein Bild von Hannahs Vater.

Alle Anwesenden falten ihre Hände. Nur Andrew weigert sich – wie auch in den Jahren zuvor. Mary und Hannah blicken ihn mit flehenden Augen an, in der Hoffnung, dass er zumindest einmal seinen Respekt zollt. »Andrew, wir beten für Hannahs Vater. Könntest du ausnahmsweise mitmachen, bitte?« In Marys faltigem Gesicht macht sich Trauer und Enttäuschung breit. Sie weiß, dass ihre Bitten nichts bewirken. »Sorry, aber wenn ich nicht daran glaube, ist es auch nicht sinnvoll, mitzumachen.« Andrew kann Dorothys bohrende Blicke förmlich spüren. Von allen Broidys ist die alte Dame ihrem Glauben am fanatischsten verbunden. Dafür sprechen allein schon die unzähligen Kruzifixe, die in jeglichen Ausführungen und Größen an allen Wänden der gesamten Villa zu entdecken sind. »Deine Einstellung wirst du irgendwann einmal bereuen, Junge.« Die Drohung hört er nicht zum ersten Mal. Angst macht ihm das keine.

Nach dem Gebet schreitet Mary zum Altar. Andrew nutzt die Gelegenheit der Stille, um nach dem Pfleger zu fragen: »Isst Sam heute gar nicht mit uns?« Harvey reagiert zuerst: »Vor zwei Stunden habe ich ihn noch gesehen. Da war er sich noch unsicher, ob er heimfahren soll oder nicht. Eventuell läuft er hier noch irgendwo durchs Haus und will uns nicht stören.«

Die alte Dame unterbricht, während sie ihren rechten Zeigefinger durch die Luft schwingt: »Nein, nein. Er ist gegangen. Ich erinnere mich, dass er sich verabschiedet hat.« Sie hält kurz inne. »Oder war das gestern?« Alle schweigen. Erst nach ein paar Sekunden fährt Harvey fort: »Jedenfalls wird er heute nicht mit uns essen, unabhängig davon, ob er hier ist oder nicht.« Andrew nickt. Sein seltsames Magengefühl verschwindet allmählich. Letztendlich ist es sogar vorteilhaft, wenn der Pfleger den heutigen Feierlichkeiten fernbleibt. Eine Person weniger, die ihn in flagranti entdecken könnte.

»Oh nein, Mama. Wenn du weinst, weine ich auch wieder.« Mit Tränen im Gesicht kehrt Mary an den Tisch zurück und umarmt ihre Tochter. Auch in Hannahs Augen sammelt sich Wasser. »Wie lange siecht Chester jetzt schon im Grab dahin?« Dorothys barsch und gefühllos gestellte Frage beantworten Mutter und Tochter mit lauten Schluchzgeräuschen. »25

Jahre, Mama. Ein Jubiläum also. Sei an diesem Tag doch etwas freundlicher«, ermahnt Harvey die alte Dame, die mit schnellen Handbewegungen abwinkt. »Ihr wisst alle, dass ich Chester nicht mochte. Der ungebildete Kerl war nur aufs Geld scharf.«

»Großmutter, wie redest du von meinem Vater?« Hannah dreht sich entsetzt zu Andrew. Der fokussiert ebenso geschockt die alte Hexe im Rollstuhl. »Geringe Bildung heißt doch nicht, dass man nur am Geld interessiert ist.« Für diesen Kommentar erhält der stämmige Mechaniker sofort Dorothys volle Aufmerksamkeit. Sie fixiert ihn und es scheint beinahe so, als könne sie durch ihre milchigen Augen direkt in seine Gedanken blicken. Hat er sich gerade selbst verraten? Andrew wird nervös. Hannahs Onkel versucht zu deeskalieren: »Nehmt Mutters Kommentare bitte nicht so ernst. An manchen Tagen behauptet sie, dass sie Chester unheimlich gerne mochte. Ihren Worten kann man nicht trauen.« Wütend schlägt Dorothy auf Harveys Oberschenkel. Währenddessen beginnen Mary und Hannah zu flüstern. Andrew nimmt nur einzelne Wortfetzen wahr. Erstaunlicherweise ist das Gehör der alten Dame wesentlich besser in Schuss: »Hannah, Schatz. Dein Vater fiel beim Aufhängen eines Weihnachtssterns von der Leiter. So war das.«

»Mama, das stimmt nicht. Erzähl Hannah keinen Quatsch. Wir reden jetzt aber nicht mehr über die Todesursache.« Mary wischt sich eine Träne aus dem Gesicht. Mit ernster Mimik widmet sie sich dem Weihnachtsessen. Warum Hannah nie über die Todesumstände ihres Vaters aufgeklärt wurde, kann Andrew nicht nachvollziehen. Womöglich möchte ihre Familie sie vor einer unangenehmen Wahrheit schützen? Nur so kann er sich das erklären.

Die Familie isst schweigsam das liebevoll gekochte Gericht von Harvey und Jen. Aus einem Nebenraum ertönt Weihnachtsmusik, unter die sich das Knistern des Kamins mischt. Zum ersten Mal an diesem Abend könnte man tatsächlich von einem Hauch Besinnlichkeit sprechen.

Andrew zerschneidet seinen Truthahn in mundgerechte Stücke. Kurz darauf nimmt er ein Poltern wahr, ungefähr so, wie Schritte auf einem alten Holzboden. Das Geräusch kommt von oben. »Hast du das auch gehört?«, er wendet sich an Hannah, die verwirrt um sich blickt. »Das ist die Decke. Die knarrt ab und zu. Handwerker meinten mal, dass sie wahrscheinlich bald einstürzt.« Dorothy verfällt in fieses Gelächter, während ihre Gäste von der Aussage sichtlich beunruhigt sind. Sie wechselt sofort das Thema: »Hannah, Andrew, erzählt doch mal. Was habt ihr in den letzten Monaten so gemacht? Wir haben uns ja ewig nicht mehr gesehen.« Die junge Frau blickt nervös auf ihren Teller. Sie hatte gehofft, das Ehe-Geheimnis länger wahren zu können. Irgendetwas scheint Dorothy aber ohnehin zu ahnen. »Nun, da du schon so fragst. Tatsächlich ist in den letzten Monaten einiges passiert. Etwas Positives für Andrew und mich, aber euch wird es wahrscheinlich nicht gefallen.« Hannah greift nach ihrer Halskette und holt den Anhänger unter ihrem Kleid hervor. »Wir waren im Sommer in Vegas und haben spontan entschieden, zu heiraten. Ich bin seit längerer Zeit keine Broidy mehr.« Sie zeigt allen Anwesenden den an einer Kette befestigten Ring. Von der Familie kommt keine Reaktion. Alle schauen auf Hannahs Schmuckstück, keiner findet die passenden Worte. Erneut ist es Dorothy, die das peinliche Schweigen beendet. Sie bricht in schallendes Gelächter aus. Fast ein, zwei Minuten lang. Mit ihr lacht keiner. Stattdessen kämpft Hannah mit den Tränen.

»Mutter, hör auf jetzt!« Harvey klopft Dorothy auf den Rücken, als sie sich beim Lachen verschluckt. In weinerlicher

Stimme versucht sich Hannah zu erklären: »Es tut mir leid, dass ihr erst jetzt davon erfahrt. Ich weiß, dass ihr auf eine größere Feier gehofft hattet. Wir wollen das nachholen, ihr seid dann alle eingeladen.« Hannah hält sich eine Serviette vor das Gesicht und beginnt wieder zu weinen. In diesem Moment stoppt Dorothys Hustenanfall. Mit scharfem Ton reagiert sie auf das Geständnis ihrer Enkelin: »Schatz, die ausgebliebene Hochzeitsfeier und die Tatsache, dass ihr in Vegas geheiratet habt, sind wirklich nur unsere geringsten Probleme.« Der Kommentar sitzt tief. Andrew ringt mit seiner inneren Wut. Am liebsten würde er Dorothy hier und jetzt aus dem Leben reißen. Doch sein Plan sieht ein anderes Szenario vor. Er muss sich gedulden.

»Wo wir gerade bei unangenehmen Geständnissen sind, kann ich mich auch gleich anschließen.« Dorothy strahlt eine beängstigende Kaltblütigkeit aus. »Ich habe darüber nachgedacht, mein Testament abzuändern. Da Sam in den letzten Jahren fast täglich an meiner Seite war, will ich ihn ebenfalls berücksichtigen. Ich möchte ihm noch etwas Zeit geben, um sich zu beweisen. Aber es wird sehr wahrscheinlich darauf hinauslaufen, dass ihr euer Erbe mit ihm teilen müsst.« Alle beginnen durcheinander zu sprechen. Harvey und Mary sind sichtlich gekränkt. Sie reden auf Dorothy ein, doch die alte Dame bleibt ruhig. »Ich wähle meine Erben sorgfältig aus. Wer es in meinen Augen verdient hat, bekommt auch etwas. Findet euch damit ab.« Welch unglaubliches Glück für Andrew. Besser hätte der Abend gar nicht laufen können. Dorothy hat ihr Testament noch nicht geändert, weshalb jeder der Anwesenden in diesem Moment ein Mordmotiv besitzt. Sollte ihr Tod nicht nach einem Unfall aussehen, könnten Mary, Harvey oder Jen die Schuldigen sein. Seiner Frau will Andrew im Härtefall ein Alibi geben. Für sie wird dieser Abend ein furchtbarer werden. Trotzdem ist er fest entschlossen – so eine Gelegenheit bekommt er nie wieder.

Ein paar Stunden muss Andrew noch durchhalten, bis alle ins Bett gehen. Jedes Jahr übernachten die Familienmitglieder bei Dorothy. Das Landhaus besitzt aber nur zwei Gästezimmer. Um alle unterbringen zu können, stellt die alte Dame stets ihr eigenes Schlafzimmer zur Verfügung. Sie selbst verbringt die Nacht auf dem Dachboden, wo sich ein zusätzliches Bett befindet. An dieser Routine hatte sich bis dato nichts geändert. Andrew muss nur abwarten, bis die streitende Familie weitere Weihnachtsrituale abklappert. Geschenke auspacken, Wein trinken, noch mehr endlose Diskussionen. Erst nach 24 Uhr entscheiden sich Mary, Harvey und Jen dazu, ihre Schlafzimmer aufzusuchen. Nur Hannah, Andrew und Dorothy bleiben zurück.

»Andrew, da Sam nach Hause gegangen ist, wäre es angebracht, wenn du mich nach oben in mein Bett tragen könntest. Mit dem Rollstuhl komm ich die Treppe offensichtlich nicht hoch.«

»Großmutter, ich kann das auch machen.« Hannah will ihren Mann vor unangenehmen Minuten bewahren, doch Andrew lehnt ab. »Ist in Ordnung, kann ich machen. Du kannst schon mal schlafen gehen.« Er gibt seiner Frau einen Kuss. Noch einmal überkommt ihn dabei ein Gefühl von Mitleid – doch er ist fest entschlossen, sein Vorhaben in die Tat umzusetzen.

Schweigend schiebt er die alte Dame zur steilen Dachbodentreppe, die sich unmittelbar gegenüber eines riesigen, spitzen Kruzifix befindet. Dorothy ist bereits schläfrig. Sie bekommt es kaum mit, als er sie langsam aus dem Rollstuhl hebt. Auf dem Weg nach oben geht Andrew sein fürchterliches Vorhaben noch einmal im Kopf durch. Sobald sie in ihrem Bett liegt, will er ein Kissen auf ihr Gesicht drücken. Es soll danach aussehen, als sei sie in der Nacht eines natürlichen Todes gestorben. Im Hinblick auf ihr Alter wäre das kein ungewöhnliches Ereignis, vermutlich würde auch niemand etwas anderes erwarten.

Auf dem Dachboden angekommen, setzt Andrew Dorothy auf einem Stuhl ab. Im Halbschlaf spricht sie eine Bitte aus: »Kannst du das Radio anschalten? Ich schlafe bei Musik besser ein.« An einer besonders düsteren Stelle des Raums befindet sich das Gerät, das Andrew aufgrund des schlechten Lampenlichts kaum erkennt. Im Dunkeln bewegt er sich zum Radio und tastet nach dem Einschaltknopf. Er findet ihn und schon ertönt Weihnachtsmusik aus den Lautsprechern. Nach Bruchteilen einer Sekunde greift ihn plötzlich eine Gestalt aus der finstersten Ecke des Dachbodens an und drängt ihn zurück zur Treppe. Andrew versucht sich zu wehren, kann sich aber kaum auf den Füßen halten. Für einen Augenblick erkennt er das Gesicht des Angreifers. Es ist Sam, der ihn die steile Treppe hinunterstürzt. Er prallt gegen die Wand, das spitze Kruzifix, welches zunächst aufgrund des Aufpralls und der Erschütterung noch langsam über ihm baumelt, fällt und durchbohrt seinen Brustkorb. Andrew ist sofort tot.

Die restliche Familie wird durch das Poltern geweckt. Mary, Harvey, Jen und Hannah finden sich unmittelbar danach vor der Dachbodentreppe ein. Im oberen Raum kreischt Dorothy, unten kämpft Andrews Frau fassungslos und schockiert mit den Tränen. Mary ringt nach Luft und stürmt ins nahegelegene Badezimmer.

»Ist er tot? Er ist gestürzt, direkt vor mir.« Dorothy kreischt unaufhörlich weiter, doch Sam erwähnt sie mit keinem Wort. Der Pfleger ist nirgendwo mehr zu sehen. Harvey untersucht Andrews Herzschlag und bemüht sich, ihn wiederzubeleben –

doch vergeblich. »Ja, Mutter, er ist tot. Das Kruzifix hat seinen ...«

»Was, das Kruzifix schon wieder – wie bei Chester?« Während Hannah lauthals zu schreien beginnt, wird Dorothy ganz ruhig. Ganz schwach lässt sich auf ihren Lippen ein Lächeln erkennen, während sie zu dem Radio schaut, das Andrew kurz vorher angestellt hat. Es läuft »Happy X-mas« von John Lennon.

EIN VERSÖHNLICHER ABSCHLUSS

VON GEORGE GRODENSKY

Müde. So müde, dass er nicht mehr sitzen mag. Aber stehen? Ein paar Stationen sind es noch. Er rutscht auf dem Polster vor, streckt den Rücken durch. Auch die Knie schmerzen. Die Füße jucken. Duschen. Soll ich noch duschen? Oder gleich ins Bett? Wird das Laken halt dreckig. Das Kissen speckig. Interessiert ja auch keinen. Ist schon länger her, dass jemand mit ihm geschimpft hat, weil er sich gehen lässt. Weil er sich selten wäscht, weil er einen ordentlichen Ranzen vor sich herträgt.

Wenigstens ist es jetzt vorbei. Die ganze Plackerei erledigt. Den ganzen Mist ausgetragen. Er kratzt sich den Bart. Ahja, rasieren. Zu müde. Nächstes Mal. Sein Blick ruht auf dem Boden. Könnte mal jemand wischen. Es klebt. Eine leere Dose rollt hin und her. Bestimmt Jugendliche. Sie meinen es nicht böse. Sie wollen schauen, ob sie damit durchkommen. Er gähnt, jetzt bloß nicht wegnicken, sonst wacht er wieder in Darmstadt auf.

Füße. Kleine Füße in Turnschuhen. Wo kommen die jetzt her? Trippelschritte. Er blickt auf. Ein Junge steht dort. Helle

Haare. Verschmiertes Gesicht. Dicke Jacke. Dünne Sneaker. Blöde Kombi, denkt er sich. Was ist aus Stiefeln geworden? Es ist Winter, verdammt. Wer zieht da Turnschuhe an? Gehst du turnen?, denkt er grimmig.

»Hast du meine Mama gesehen?«, fragt der Junge. »Was?« Es rumpelt ein bisschen. Stimmbänder rosten. Frösche im Hals. Er räuspert sich. »Was hast du gesagt?« »Hast du meine Mama gesehen?«, wiederholt der Junge. »Äh, nein. Habe ich nicht. Ich kenne deine Mama nicht.« Die Bahn hält. Türen öffnen sich. Zischen. Türen schließen sich. Die Bahn fährt an. Das Kind steht immer noch vor ihm. Schaut ihn an. Im Tunnel ist es dunkel, das Licht im Wagen ist trüb, oder sind es seine Augen?

»Wie sieht sie denn aus?«, fragt der Mann. Der Junge schluchzt leise. Na toll, auch das noch. Kann das nicht jemand anderes übernehmen? Er schaut sich um, der Wagen ist leer. Nur er und das Kind. Notbremse? Zu viel Ärger. Telefonieren? Akku ist alle. War eine lange Nacht. Er seufzt. »Ist sie blond? Brünett? Groß, klein?« Der Junge schnieft. »Hast du sie verloren? Wo hast du sie gesehen. Also, das letzte Mal?« Keine Antwort.

Wo hat er sie gesehen, das letzte Mal? Und wann? Vor drei oder vier Jahren? Bei der WM in Russland? Es war im Wohnzimmer. Sie hat etwas gesagt. Er hat den Fernseher fixiert. Die Mannschaft. Letzte ist sie geworden. Sie hätte gar nicht erst dorthin fahren dürfen. Aber das Sportliche ist ja ohnehin nur noch Hintergrund. Tief verneigt haben wir uns vor den Despoten. Erst Özil, dann wir alle. Ist mir doch kack egal, was ein dämlicher Fußballspieler in seiner Freizeit treibt. Soll er doch sonst wem huldigen. Wer in Gelsenkirchen aufwächst, hat eine eigene Sicht auf die Dinge. Aber alle jubeln sie dem russischen Spion zu, nicken ab, dass er Länder annektiert und unliebsame

Gegner ausschaltet. Dem Fußball ist das egal, der Fußball ist nicht politisch. Hat sie das kritisiert? Was waren ihre Worte?

»Hauptwache, glaube ich«, sagt der Junge. Was? Er ist irritiert. Er strengt sich an, wieder das verschmierte Gesicht vor ihm scharf zu stellen. »Dann musst du einfach zurück fahren. Die nächste raus, auf die andere Seite des Bahnsteigs und dann mit der ersten Bahn zurück.« Große Augen. Er seufzt. »Also gut, ich bringe dich hin.« Der Junge schaut ihn an. »Ja doch, sie ist bestimmt noch da und sucht dich. Ich bring dich hin, ist gar nicht so weit. Wir müssen nur mit dem Zug wieder zurück. Sind nur, äh, vier Stationen.«

Der Junge blickt zu Boden. »Hast du eine Fahrkarte? Brauchst du schon eine Fahrkarte?« Keine Reaktion. »Hast wohl keine, was?« Der Mann versucht ein aufmunterndes Lächeln. »Hast kein Geld, keine Ahnung, wo's langgeht. Macht nichts, wird schon keiner kommen. Und wenn, dann erklären wir das Problem.« Keine Reaktion. Ist ja nicht wie beim Fußball hier, denkt der Mann. Da geht es nur ums Geld.

Die Bahn hält. Türen öffnen sich. Zischen. »Wollen wir?«, fragt der Mann. Der Junge zögert. Dann nickt er. Sie steigen aus. Türen schließen sich. Die Bahn fährt an. Der Mann streckt sich, vorsichtig. Sein Blick fällt auf das Werbeplakat. Cola. Sein Gesicht verzieht sich. So schön auf dem Bild, so pappig auf dem Boden. »Ein Lkw«, schnaubt er verächtlich. »Was für eine erbärmliche Botschaft!« Der Junge schweigt. »Der Laster, das ist ein Conorado von Frightliner«, sagt der Mann. »Daimler hat die 1981 übernommen.« Deutsche Wertarbeit, gebaut in den USA und Mexiko, rumort es in seinem Kopf, scheiß Globalisierung. »Der hat 470 PS, 18 Gänge, einen Hubraum von 13 Litern, Diesel natürlich.« Schulterzucken. »Da kannst du dir ausrechnen, was der an CO_2 ausstößt.« Die Welt steht vor dem

Untergang und sie fahren ihre Dreckbrause mit der Dreckschleuder durch die Gegend, denkt er sich.

»Früher hatten sie noch den Rentier-Schlitten«, sagt der Mann. »Rentiere mit Hörnern natürlich.« Er lacht. »Wusstest du, dass Rentiere ihre Geweihe im Herbst abwerfen?« Der Junge schüttelt den Kopf. »Also die männlichen, die, die den Schlitten ziehen. Dasher und Dancer und Prancer und Vixen, Comet und Cupid und Donner und Blitzen. Und natürlich der besoffene Rudolph mit der roten Nase.« Der Mann gluckst. Er beugt sich hinab. »Die weiblichen Rentiere haben auch ein Geweih«, erklärt er dem Jungen. »Auf dem Kopf. Sie behalten ihre Hörner bis ins Frühjahr hinein. Wenn du also an Weihnachten einen Schlitten mit gehörnten Rentieren siehst, sind das die Mädels.« »Emanzipation!«, raunt er und zwinkert dem Kind zu.

Der Junge schnieft. Der Mann lächelt verlegen. »Ach ja, Rentiere. Das sind Viecher. Recht zutraulich, weißt du? Gutmütig, haben wenig Fluchtreflexe. Nicht so wie Hirsche.« Oder Frauen, denkt er sich. »Und sie können tatsächlich rote Nasen haben«, sagt der Mann. »Weil sie ganz viele Adern dort haben, die das empfindliche Organ mit warmem Blut versorgen und helfen, die Körpertemperatur zu regulieren.«

Der Junge schiebt seine Hand in die des Mannes. »Oh, na. Dann wollen wir mal«, sagt er verlegen. Die zwei gehen auf die andere Seite des Bahnsteigs. Jugendliche lachen. Musik scheppert aus einer Box. Der Mann verzieht das Gesicht.

»Magst du Hip-Hop? Glaub denen bloß nichts«, er lacht spöttisch. »Die sind genau wie die Werbung. Reden dummes Zeug, geben an, dass die Schwarte kracht. Große Klappe, nix dahinter. Können nichts. Haben keine Stimme, keine Poesie, kein Instrument.« Der Mann fuchtelt mit der Hand, dann rappt er zum Beat aus der Box: »Ich hab ein dickes Auto / schau in meine Knarre / Ich laufe nur in Turnschuhen / Ich rauche nur Zigarre / Mein Goldzahn ist aus Platin / meine Platten sind es auch / Ich liebe einen Turnschuh / trag ein Täschlein um den Bauch.« Die Jugendlichen gehen weg, der Mann grinst. »Ist euch wohl zu krass, mein Flow.«

Der Junge lacht. »Früher konnten die Kinder noch richtig Flöte spielen«, sagt der Mann. »Manche sogar Gitarre oder Klavier.« Er seufzt. »Heute sprechen sie nur noch diesen Unsinn. Weißt du, richtig böse Sachen. Und wenn man sie zur Rede stellt, sagen sie, das müsse so sein. Das sei Kunst. Pff. Kunst. Gewalt ist keine Kunst. Gewalt ist schlimm, hörst du?« Nichts macht aus Gewalt Kunst, denkt der Mann.

Der Junge schaut ihn an. »Du redest nicht so viel, oder?«, fragt der Mann. »Ich auch nicht.« Er schaut auf die Gleise. Sie hat immer mit ihm geschimpft deswegen. Redest mit den Viechern, aber nicht mit mir, hat sie gesagt. Immer bist du beschäftigt, nie öffnest du dich. Sie hat recht, er spricht nicht gerne. Meistens kommen die Worte erst hinterher, wenn keiner erwartungsvoll lauscht. Oft hat er auch einfach nichts zu sagen. Was ist das für eine Welt, in der man alles aussprechen muss? Sind manche Sachen nicht einfach selbsterklärend? Rentiere sprechen nicht. Manche Unterarten machen beim Laufen ein Klickgeräusch mit den Sehnen des Fußgelenks, damit sich die Tiere während eines Schneesturms nicht verlieren.

Das fühlt sich gut an, die Hand des Jungens. Sie war kalt, wird nun wärmer. Ein Finger bewegt sich. Er hat vergessen, wie sich das anfühlt. Die Wärme, das Vertrauen. Das Versprechen. Du bist nicht allein, ich bin da. Auch wenn es mal nicht so läuft. Zusammen finden wir den Weg.

Der Mann zieht das Kind ein wenig von der Bahnsteigkante weg. »Wenn der Zug kommt, verwirbelt die Luft«, sagt er. »Manchmal so heftig, dass sie auch Erwachsene aus dem Gleichgewicht bringt.« Er hat es vor langer Zeit verloren, denkt er. Es ist einfach aus der Wohnung marschiert. Vielleicht ist es in den Spalt zwischen Zug und Bahnsteigkante gefallen. Vielleicht liegt es da, zwischen Schotter, Kippen, Müll. Ratten huschen darüber hinweg.

Die Bahn hält. Türen öffnen sich. Zischen. Sie steigen ein. »Sollen wir uns setzen?« Der Junge schüttelt den Kopf, die Hand packt fester zu. Sie bleiben stehen. »Es ist nicht weit«, versichert der Mann noch einmal. Dabei dürfte sie inzwischen Lichtjahre entfernt sein. Es ist dunkel im Tunnel, er starrt hinaus. Auf dem Gegengleis rauscht ein Zug vorbei. Zu schnell, um einzelne Menschen zu erkennen. Alles rauscht einfach vorbei, denkt der Mann. Ganze Jahre, ohne dass etwas haften bleibt. Der ewige Alltag. Wo ist sie hin? Was macht sie da? Vielleicht sollte er sie mal anrufen. Aber was sagen?

Hauptwache. Die Bahn hält. Der Junge zieht an seiner Hand. Türen öffnen sich. Zischen. Sie steigen aus. Eine Frau hetzt den Bahnsteig entlang. Das Gesicht verquollen. Sie schaut, sie ruft. »Paul!« – »Mama!«, antwortet der Junge. Sie umarmen sich. Ein Rentierkalb kann innerhalb weniger Minuten nach der Geburt auf den eigenen Hufen stehen, denkt der Mann. Es wächst sehr schnell, dank der nahrhaften Milch der Mutter.

Der Zug in die Gegenrichtung fährt ein. Türen öffnen sich. Zischen. Der Mann steigt ein. Er steht in der Tür. Er lächelt verlegen. »Frohe Weihnachten«, sagt er leise. Die Türen schließen. Zischen. Der Zug rollt an. Der Junge winkt. Der Mann winkt. Das ist ein versöhnlicher Abschluss, denkt er.

TOTAL VERKATERT

VON EDITH M. B. KASTNER

Nanu? Was ist das denn?! Eine Katze im Pyjama? Hellgrün und mit aufgeschnittenen Eiern darauf. Der Pyjama natürlich, nicht die Katze. Die ist wohl eher ein Kater, so proper sie dasteht, schwarzweißes Fell und ein Weihnachtszipfelmützchen zwischen den Ohren. Überhaupt, wieso steht der Kater auf den Hinterbeinen? Und was hat er da unter dem Arm? Ein Weihnachtspäckchen. Wie passend. Moment mal, das ist *mein* Weihnachtspäckchen! Ich erkenne es genau an dem selbstgemalten Papier meiner Nichte!

Ich gehe langsam und sehr ernst auf den Kater zu, muss innerlich aber doch lachen, weil er in seinem Schlafanzug einfach zu putzig aussieht, hebe fordernd die rechte Hand und setze an, ihm klar zu sagen, dass ich *sofort* mein Päckchen zurückhaben möchte. Doch noch während ich Luft hole, dreht er sich um und rennt los. Ich könnte schwören, er hat mich kurz zuvor noch mit einem geringschätzigen Blick gestraft, wobei er eine Augenbraue hob, die er offensichtlich gar nicht hat.

»Moment mal«, rufe ich ihm nach, während ich mir alle Mühe gebe, ihn zu verfolgen. »Bleib stehen, du Fellknäuel, das ist *mein* Päckchen!«

Ich renne, kann es kaum glauben, bin schon ewig nicht mehr gerannt. Das bewundere ich an Joggern immer so: einfach nur loszulaufen und mit den Füßen Kilometer fressen, um wieder da anzukommen, wo es los ging. Ich habe dafür weder Geduld noch Kondition. Letzteres merke ich bei diesem Rennen durch Frankfurts Straßen auch – dachte ich zumindest, aber tatsächlich merke ich nichts.

Sieht hübsch aus hier, an vielen Ecken Tannenzweige, mit und ohne bunten Christbaumschmuck, weihnachtliche Beleuchtung, mal stetig, mal Disko-blitzend. Die vielen Lichter kaschieren so viel, dass die Idylle immer viel näher scheint als alles andere. Aber dafür habe ich jetzt kein Auge, ich muss weiter meinem Geschenk hinterher und stelle fest, dass ich viel zu langsam bin. So kann ich ihn bestimmt nicht einholen. Witzigerweise bin ich aber nicht außer Puste. Trotz Konditionsfaktor minus zehn bin ich ihm doch ganz gut auf den Fersen. Er wird kurz langsamer, lässt mich ein bisschen aufholen, gerade genug, um mich glauben zu lassen, ich könnte ihn gleich am Schwanz packen, und schon erhöht er das Tempo wieder.

Ich habe keine Ahnung, wie wir so schnell auf den Römerberg gekommen sind, jedenfalls riecht es prächtig nach Weihnachtsmarkt-Mischmasch von Glühwein, Fischbrötchen, Nierenspieß, Lebkuchen und allerlei anderem. Der Duft, der einem sagt: das neue Jahr ist nicht mehr weit. Immer noch jage ich dem Tier hinterher durch die Menschenmassen und frage mich, wie wir es schaffen, keinen anzurempeln oder gar umzuwerfen. Er hat die Richtung gewechselt, läuft am Minervabrunnen vorbei, zum Steinernen Haus des Kunstvereins, schießt links vorbei und verschwindet in den modernen Anbau. Doch ganz so leicht lasse ich mich nicht abhängen und renne ebenfalls durch die gerade geöffnete Glastür. Wohin ist der Schlingel jetzt? Nach oben oder unten? Und wieso hat er eigentlich mein Päckchen?

Ich glaube, ich habe die kleine Bommel der Mütze noch nach unten verschwinden sehen. Dummerchen, da kommst du nicht raus. Da gibt es nur Schließfächer, Toiletten und ... au weia! ... einen Aufzug. Was jetzt? Ihm nach oder warten, bis er wieder nach oben kommt? Treppe oder Aufzug? Vielleicht fährt er sogar nach ganz oben? Während mein Hirn auf Hochtouren läuft, mit unzähligen Gedanken gleichzeitig, die Szenarien durchspielt, wie ich den Schwarzweißen vielleicht zu fassen kriege, spricht mich jemand an: »Haben Sie eine Eintrittskarte?«

»Ich verfolge nur einen Kater, der mein Weihnachtsgeschenk geklaut hat. Er ist nach unten gelaufen. Können Sie den Aufzug für einen Moment festhalten, dass er damit nicht entkommen kann? Ich kann nicht mehr erklären, sonst ist er wieder weg. Wenn wir ihn kriegen, kaufe ich auch ein Ticket.«

Die Empfangsdame runzelt kurz die Stirn, lächelt dann breit unter ihrer Weihnachtsmütze, und wie bei einem Wunder willigt sie zur gemeinsamen Jagd ein, stellt sich in die Aufzugstür, damit diese bis auf Weiteres nicht schließt, und verwehrt dem Kellertier damit zumindest seinen Abgang durch das Transportkörbchen.

Ich zeige meiner Komplizin den Daumen nach oben und schleiche die Treppe nach unten. Ganz schön finster hier. Ich wette, der kleine Pelzträger hat das Licht ausgemacht. Wozu denn nur?

»He, Kater«, rufe ich, »wenn du wie ein Mensch läufst, kannst du mich vielleicht auch verstehen. Ich will nichts von dir, nur mein Päckchen. Warum hast du das stibitzt? Ist da Katzenminze drin? Komm, sei nicht feige. Zeig dich. Ich bin dir nicht mal böse. Also keine Angst. Gib mir das Geschenk und ich lass dich in Ruhe.«

Gelbe Augen blitzen etwa drei Meter vor mir auf. Die Notausgangs-Schilder müssen wohl genug Licht werfen, dass die Katzenaugen reflektieren. Ein Knarzen ist über die Distanz hörbar. Schade, reden kann er wohl nicht. Doch hat er sich vermutlich nur so etwas wie geräuspert, denn es folgt schnurrig: »Ich brauche einen Eierstein.«

»Einen was?!«

»Eierstein«, wiederholt er motzig.

»Dann rück das Päckchen raus und ich versuche, dir zu helfen.«

»Geht nicht. Erst den Stein und dann das Päckchen.«

»Och, Neko, komm schon, rück es raus. Wenn ich helfen kann, mach ich das gerne. Auch ohne Erpressung. Lass uns nach oben gehen und das bei einem Kaffee und einer warmen Milch besprechen. Ich bin ja schon froh, wenn du nicht mehr wegläufst. – Und ich sehe gerade, das könnte der Lichtschalter sein. Ich mach mal hell, ja?«

Es kommt keine Antwort, also werte ich das als Zustimmung und betätige den Plastikknopf. Ein bisschen schüchtern springen die Lichter flackernd an, Neonröhren eben. Prima, dann blendet es nicht gleich so sehr. Der Kater blinzelt, macht aber keine Anstalten wegzurennen. Lustig, ihn wieder in voller Pyjama-Montur zu sehen. Ich muss grinsen.

»Woher kennst du meinen Namen?«, fragt mein Gegenüber.

»Tue ich das?«

»Du hast mich doch eben damit angesprochen.«

»Neko? Japanisch für Katze? Das ist dein Name?«

»Ja, und ich will auch keine warme Milch.«

»Möchtest du lieber einen Kaffee?«

Und schon macht er, was Katzen so gut können: den bittenden Blick aufsetzen, die Pupillen geweitet bis zum Anschlag, dass man nichts abschlagen kann, was es auch sei. Er sieht unwiderstehlich niedlich aus.

»Lieber einen Eierlikör«, maunzt er.

»Gut, aber wo ist mein Päckchen?« Er hat es nicht mehr unter dem Arm und neben ihm liegt es auch nicht.

»Hab ich weggezaubert«, erklärt der Stubentiger flapsig.

»Na gut. Ich hoffe, du zauberst es auch wieder her. Dann erzähle mir doch mehr von deinem Eierstein«, bitte ich, während wir die Treppe nach oben gehen.

Nach dem Dank an meine Lift-sperrende Komplizin, die freundlicherweise nicht auf den Kauf einer Eintrittskarte besteht, nachdem sie sah, wie der Kater und ich die Stufen erklommen haben, sitzen er und ich im Café nebenan und bestellen erst einmal. Während wir auf die Getränke warten, nimmt der Pelzige den Faden wieder auf und fängt an, mir den Schatz zu beschreiben, nach dem er sucht.

»Das ist so ein schwarzer Stein, wie ein großes Ei«, erklärt er enthusiastisch.

»Du liebes bisschen, das ist aber etwas wenig. Kannst du ihn noch genauer beschreiben? Glänzt er oder ist er matt? Sehr schwer oder leicht? Wo kriegen wir denn so etwas her«, grüble ich noch immer, während der Kellner die Eierliköre vor uns abstellt. Ich nicke ihm dankend zu und fahre zu Neko gewandt fort: »Bei dir oder da, wo du herkommst, sind Eier wohl etwas heiß Begehrtes?«

»Jaaaaaaa«, schnurrt er, »Eier sind das Allergrößte!«

»Und wofür brauchst du diesen Stein?«

»Das ist das Einzige, das mich zurückbringen kann. Ich möchte nicht hier bleiben, ich will wieder nach Hause!«

»Bist du denn hungrig, vielleicht kriegen wir irgendwo noch eine Grie Soß mit Eiern für dich? Und da kannst du mir mehr erzählen.«

»Oh ja«, haucht Neko und wieder weiten sich seine Pupillen.

»Und wir überlegen, wie und wo wir dein geheimnisvolles Stück finden.«

Der Kellner kommt wieder vorbei, ich halte ihn auf und bezahle. Wir verlassen das Café und gehen ein paar Schritte in die Richtung, aus der wir kamen, zum Römerberg. Etliche Ideen gehen mir durch den Kopf, wo man den wertvollen Stein für das Katerchen suchen könnte. Vielleicht erstmal beim Juwelier fragen, ob er so einen magischen Stein kennt? Ob wir wohl in einem der Museen fündig würden? Dann bekämen wir vielleicht auch heraus, wo man einen bekommen kann.

Doch zunächst kehren wir in ein Gasthaus in der Ostzeile ein, da gibt es doch tatsächlich heute ›Grie Soß‹, so sagt es zumindest die Klapptafel draußen. Und das nächste Wunder: wir bekommen sofort einen Tisch und können bestellen, obwohl alles voll zu sein scheint. Glück muss man haben!

Während wir auf seine Speise warten, wende ich mich an den Kater, der zwischen der ganzen Weihnachtsdekoration im Restaurant fast aussieht, als würde er dazugehören, wäre da nicht sein Grüne-Soße-Pyjama.

»Sag mal, wenn es bei euch solche Steine gibt, hast du vielleicht sogar schon mal einen gehabt? Was macht man damit?«

»Nein, die gibt es nur hier. Aber ich brauche unbedingt einen, sonst komme ich nicht zurück.«

»Leben nur Katzen da, wo du herkommst? Woher kommst du überhaupt?«

»Aus dem Königreich Tatzmanien. Naja, bei uns leben schon viele Arten, wie bei euch auch. Aber sprechen können nur wir Katzen. Die Königsfamilie hat eine Burg auf einem Hügel. Bei euch lebt der König ja da drüben«, lässt sich Neko überzeugt vernehmen und deutet mit seiner Pfote zum Römer.

»Das war einmal«, muss ich lachen, »aber gewohnt hat er da nicht, und wir hatten hier Kaiser und keine Könige. Aber ansonsten scheinst du über uns ganz gut Bescheid zu wissen.«

»Bin ja auch schon ein bisschen hier. Immer wieder mal fällt eine Katze durch einen Brunnen in euer Reich. Es ist nie klar, welcher Brunnen, noch ob er uns in diese Welt trägt oder wir einfach nur nass werden. Und wir können es nicht leiden, nass zu werden«, verzieht Neko die Schnute. »Aber manchmal fällt man eben einfach hinein. Ob das Glück ist oder Schicksal, weiß ich nicht. Ich bin auch nur gestolpert, als ich meiner Schwester nachgerannt bin.«

»Und wie kommst du zurück?«

»Das ist einfach, wenn ich den Stein habe. Auf der Insel unter dem Portikus gibt es einen großen Stein, von dem ich springen muss. Irgendwo an oder um ihn ist eine Kuhle, in diese muss der Eierstein gelegt werden. Wenn ich dann springe, bin ich gleich wieder zu Hause. So sagen es die alten Geschichten.«

»Also kommt ihr immer nur nach Frankfurt?«

»Ja«, nickt der Pelzige, »die Ersten waren zu sechst. Sie passten sich euren Katzen an, verzichteten auf Kleidung, gingen auf allen Vieren und sprachen kein Wort – außer, sie waren allein. Sie lebten da drüben«, erneut zeigt er mit der Tatze zum Römer.

»Du meinst jetzt aber nicht die sechs Katzen, die 1493 für den Römer gekauft wurden, um die Ratten- und Mäuseplage abzuwenden«, erwidere ich erstaunt.

»Doch, na klar, genau die«, bestätigt Neko mit Stolz in der Stimme. »Auch wenn es sehr lange her ist. Sie haben später sogar Denkmäler dafür bekommen, die das Dach des Römers zieren.«

»Das stimmt, aber von außen sieht man nur zwei. Also futtert ihr auch Ratten und Mäuse in Tatzmanien?«

»Ja, die sind lecker, aber Eier sind so viel besser, weil man so vieles damit machen kann. Und man muss sie nicht jagen«, kichert er.

»Also, dann lass mich mal spekulieren«, setze ich an, doch der Kellner unterbricht mich, indem er den Teller mit der Grünen Soße und einem ›Guten Appetit‹ abstellt. In der Mitte des Tisches. Vermutlich denkt er, der Kater würde mit mir teilen, bringt aber trotzdem nur ein Besteck mit. Ich schiebe dieses und den Teller ganz zu Neko hinüber. Dieser schnüffelt, schließt die Augen, schnüffelt noch mehr und seufzt selig: »Das riecht aber gut! Und schau mal, wie viele Eier da drauf sind!«

»Die kleineren gelben sind Kartoffeln«, erwidere ich, kann mir ein Lächeln nicht verkneifen.

»Eierkartoffeln«, schwärmt der Kater erfreut, fährt mit der Pfote über den Teller und die Krallen aus, um eine Kartoffel aufzuspießen und in seiner Schnauze zu verstauen. Doch so einfach ist es nicht, denn das Erdäpfelchen ist größer als das Schnäuzchen, das sich bemüht, nichts mehr vom ›gelben Ei‹ entwischen zu lassen, was überwiegend gelingt und dem Umstand zu verdanken ist, dass die Kartöffelchen kleiner als die Eier und zudem nicht sehr heiß sind.

Neko zerlegt die Kartoffeln und ein Ei in Bissen, die für ihn leichter zu essen sind. Schon praktisch, wenn man das Besteck in den Pfoten eingebaut hat. Besonders appetitlich sieht es zwar nicht aus, auf diese Weise auf dem Teller herumzufuhrwerken, doch obwohl im Lokal alles voll ist, stört sich niemand daran, wir werden nicht mal mit Blicken gestraft. Scheinbar fallen wir überhaupt nicht auf, wie in den Paddington-Geschichten, in denen sich auch niemand wundert, einem sprechenden Bären zu begegnen. Merkwürdig.

»Sind denn schon viele von euch hier hergekommen?«

»Nein, aber es passiert immer mal wieder. Die Ersten kamen ja auch nicht zurück. Der Zweite war alleine und hat es auch nicht geschafft, aber er hat vieles herausgefunden und aufgeschrieben, was der dritten Katze sehr geholfen hat. Sie hätte es wohl fast geschafft, zurückzukehren. Aber erst die vierte fand den Stein, der wohl der Schlüssel zum Portal ist. Leider hat sie nicht überliefert, wo sie ihn herbekommen hat. Weil wir nie wissen, wann es so weit ist und wen es trifft, muss jede tatzmanische Katze die Geschichten kennen, um für den Fall vorbereitet zu sein.«

»Kannst du denn den Stein genauer beschreiben? Vielleicht gibt uns das den Hinweis, wo wir ihn suchen müssen?«

»Er ist ungefähr so groß«, fährt der Schwarzweiße leicht schmatzend fort und deutet auf das eine, noch unzerlegte Ei. »Er ist schwarz und hat irgendwie ein Band drumherum, das zum Stein gehört. Er ist glatt, aber nicht glänzend. Und er ist irgendwie warm.«

Während er sein Essen in sich hineinschaufelt, versucht mein Gehirn das Bild sinnvoll zusammenzusetzen. Ich sehe Hämatit und Onyx in Eierform vor mir, Kristalle, Fabergé-Eier, Schokolade und so vieles andere; nichts davon scheint das Gesuchte darzustellen. Ich bin selbst überrascht, was mir alles dazu einfällt.

»Das Band ist auch schwarz oder hat es eine andere Farbe?«, wende ich mich an mein Gegenüber, das seine Mahlzeit offenbar beendet hat und sich Pfoten und Schnauze leckt, um die Spritzer von Grüner Soße loszuwerden.

»Auch schwarz, würde ich sagen. Es ist keine andere Farbe in der Geschichte vermerkt.«

Mein Blick wandert durch den Raum und bleibt an dem kleinen Kamin hängen, der zwischen den Tannenzweigen mit Christbaumkugeln hindurchlugt und in dem hinter einer Glasscheibe ein Feuerchen flackert. Wie in Trance sehe ich die Flammen tanzen und fühle mich tiefenentspannt. In mir entzündet sich ein Funke, der mein Hirn mit kaskadenartigen Blitzen durchflutet. »Heureka«, rufe ich aus, und bin sicher, gerade ziemlich genau nachempfinden zu können, was Archimedes damals gefühlt haben muss. »Neko, das ist bestimmt ein Eierbrikett!«

»Ein Eierbrett?!«

»Nein, ein Eierbrikett oder Eierkohle.«

»Was ist das?«

»Kohlenstaub, der zu Eiern gepresst wird!«

»Aber das schmeckt doch nicht.«

»Aber natürlich nicht, die sind nicht zum Essen, damit macht man es eher warm«, lache ich.

Der Kellner kommt vorbei, ich kann ihn überzeugen, dass ich *sofort* zahlen muss, werde mein Geld an ihn los, stehe auf, nehme den etwas verblüfften Kater an der Tatze und ziehe ihn mit nach draußen.

»Komm, wir müssen in einen Baumarkt, da finden wir sicher deine Kohle.« Voller Enthusiasmus und Eile gehe ich los, das verdutzte Tier an meiner Seite – und bleibe gleich wieder stehen. Wo ist der nächste Baumarkt? Ob auf dem Weihnachtsmarkt einer mit Kohle heizt? Und dann vielleicht sogar mit Eierkohle? Unwahrscheinlich. Heutzutage geht ja fast alles elektrisch, und sollten sie grillen, würden sie eher Holzkohle benutzen. Welche Richtung nehmen wir zu einem Baumarkt? Vielleicht vorher mal im Römer fragen oder besser an der Info?

Wir schlängeln uns durch die Menschenmassen auf dem Weihnachtsmarkt, der Duft des Glühweins schürt mein Verlangen danach. Wie gerne hätte ich jetzt noch schnell einen. Andererseits müssen wir nicht hetzen, nur vor Ladenschluss ankommen, wäre günstig. Ich habe jedoch gerade nicht die Geduld zu warten, bis der Glühwein auf Trinktemperatur abgekühlt ist. Dennoch lasse ich die Pfote aus meiner Hand frei, und bitte das Tier, zu dem sie gehört, kurz zu warten, während ich das Handy zücke und nach dem nächsten Baumarkt oder Heizstoffhändler google. Nachdem ich fündig wurde und wieder hochsehe, steht Neko ein paar Schritte weiter vor einer hübschen, bunten Lokomotive, in deren Führerhäuschen Lebkuchen und andere Süßigkeiten am Fenster baumeln. Der Kessel ist mit heißen Esskastanien gefüllt.

»Heiße Maroni«, verkündet der Mann dahinter gerade lautstark.

Der Kater schaut dem Händler in die Augen, verbeugt sich leicht und antwortet höflich: »Guten Tag, heiße Neko!«

Der Maroni-Mann hebt eine Augenbraue, sarkastisch würde ich behaupten, ›diesen Witz hat er noch niiiiiie gehört‹, entscheide mich aber dann doch, den Grüne-Soße-Pyjama samt Inhalt lieber wegzuziehen. Doch noch in der Bewegung halte ich inne.

»Sagen Sie bitte, mit was erhitzen Sie die Maroni?«, frage ich.

»Eierbriketts«, lautet die knappe Antwort.

Mir fällt mein Unterkiefer fast in den Schoß. »Im Ernst?! Würden Sie mir eines verkaufen? Ich brauche nur ein einziges Eierbrikett. Eine Tüte Maronen kaufe ich gerne dazu.«

Vermutlich, weil in Weihnachtszeit die Menschen grundsätzlich freundlicher gestimmt sind, brauche ich keine lange Überzeugungsarbeit zu leisten. Im Gegenteil, der Verkäufer hält mir die Tüte hin, die ich dankend nehme, und gibt mir tatsächlich eine Eierkohle, die tadellos aussieht. Nichts abgestoßen, schön glatt und schwarz. Des Katers Augen werden scheinbar immer größer, der Unterkiefer entspannt sich zu einem Staunen – er kann sein Glück kaum fassen. Ich reiche beiden die Kohle, erst Neko das Eierbrikett, dann dem Kastanien-Mann das Geld für die gefüllte Tüte, den Wunderstein, nach dem wir so lange gesucht haben, stellt er nicht in Rechnung.

»Vielen Dank und schöne Weihnachten«, verabschiede ich mich, und wieder sind mein pelziger Partner und ich auf dem Weg, am Steineren Haus vorbei, als er mich anhält.

»Warte«, maunzt er, »du kriegst jetzt dein Päckchen, das hast du dir verdient.« Ich erwarte, dass es ›poff‹ macht oder etwas Ähnliches, und mir mein entwendetes Weihnachtsgeschenk einfach vor die Füße fällt. Aber es tut sich nichts.

»Was ist«, frage ich, »sag jetzt nicht, du kannst es nicht mehr herzaubern.«

Der Schwarzweiße lacht so sehr, dass es mich mit schüttelt, und in seinem Lachen formen sich die Worte: »Ich kann doch gar nicht zaubern!«

»Und wo ist dann mein Päckchen?«

»Da unten«, kichert er, weist mit der linken Pfote zum Kunstverein, »an der Tür stand 33.«

»Du hast das Geschenk in ein Schließfach gepackt!?«, entfährt es mir.

Der Kater nickt.

»Woher hattest du denn den Euro?«

Ich empfange einen erstaunten, fragenden Blick, gefolgt von: »Wozu braucht man den?«

»Na, damit man die Tür abschließen kann.«

»Ich habe nichts abgeschlossen. Nur auf- und zugemacht.«

»Na, dann hoffen wir mal, dass es kein Anderer gefunden hat«, seufze ich und schreite mit dem Kater durch die Glastür, gehe zum Tresen und erkenne die nette ›Fahrstuhl-Assistentin‹ von vorhin.

»Dürfen wir noch mal kurz in den Keller? Der Kater hat was im Schließfach vergessen.«

Ihre Miene erhellt sich und versetzt damit ihre Weihnachtsmütze leicht in Bewegung.

»Na klar, aber der Rest kostet Eintritt.«

»Für den Rest haben wir heute leider keine Zeit mehr«, erwidere ich. »Wir sind ein bisschen in Eile.«

Die Bommel auf dem Weihnachtsmützchen neben mir wackelt, als Neko nickend zustimmt. Mit einem weiteren Nicken bedanken wir uns kurz und folgen der Treppe wieder in das Untergeschoss, gehen rechts zu den Aufbewahrungsfächern und öffnen die Tür zu Fach 33. Da liegt mein Päckchen, das ich hastig dem Kasten entnehme. Es macht mich glücklich, es wiederzuhaben.

Anschließend steigen wir die Treppen wieder hoch ins Erdgeschoss, bedanken uns erneut bei der roten Zipfelmütze mit meiner Ex-Komplizin darunter und nehmen den Weg durch die Glastür in die Neue Altstadt, am Goldenen Lämmle und dem Stoltze-Brunnen vorbei, an der Goldenen Waage und dem Dom, hinunter zum Main und dort entlang auf die Alte Brücke, bis wir den Portikus erreichen. Ungesehen schaffen wir es hinunter auf die Insel – immerhin ist sie geschütztes Brutgebiet, aber im Moment ist kein Vogel in Sicht –, und suchen den großen Stein, von dem der Kater springen muss. Zum Glück ist die Insel nicht groß, nur wissen wir nicht, nach was genau wir Ausschau halten müssen, um den Stein zu erkennen, aber sind sicher, er muss am Ufer sein. Oder doch nicht, so schmal wie die Insel ist, könnte man vom einen Ufer über das andere ins Wasser springen, wenn es sein muss, wären da nicht die vielen Bäume, die es verhindern würden. Plötzlich stolpere ich, bin wohl an einer Wurzel hängen geblieben. Ein paar wackelige Schritte halten mich nicht auf, doch noch zu fallen. Aber wenigstens lande ich dadurch weicher.

Der Kater kommt von der anderen Seite zu mir gelaufen und passiert die Stelle, die mich gerade zum Straucheln brachte. Auch er stolpert, kann sich aber sofort wieder fangen. Er ist eben doch eine Katze, schmunzele ich in mich hinein.

»Da ist ja ein Loch«, stellt er fest. »Schau mal, das könnte das Schlüsselloch für den Eierstein sein. Und dann muss das der große Stein sein, von dem ich springen muss.«

»Wenn dem so ist, ist es wohl Zeit, Abschied zu nehmen«, erwidere ich mit etwas Wehmut. »Müssen wir das Eierbrikett eigentlich anzünden, dass es glüht, bevor wir es hineinlegen? Nur weil du vorhin bei der Beschreibung sagtest, der Stein wäre warm.«

»Du hast recht! Das hatte ich vollkommen vergessen!«

»Na, dann hoffen wir mal, dass wir das sauber hinkriegen, und nicht gleich die Feuerwehr kommt und deine Rückreise vereitelt. Zum Glück habe ich ein Päckchen Streichhölzer dabei. Hoffentlich kriegen wir damit die Kohle heiß. Das musst du deinen Katzenleuten aber unbedingt erzählen, damit es die nächste Katze gleich weiß.«

»Und, dass die Steine Eierbriketts heißen! Das wusste auch noch keine«, fasst der Pelzige zusammen.

Neko legt die Kohle in das Loch und sie passt gut hinein, bei Indiana Jones hätten die Ränder vermutlich abgeschlossen, aber hier ist noch etwas Luft. Wir finden ein paar trockene Zweiglein und Blätter, die wir drumherum legen, zünden sie an und wundersamerweise glüht die Kohle fast augenblicklich. So schnell haben wir das nicht erwartet. Ein bisschen Magie ist wohl auch mit im Spiel. Wir stehen auf, ich lasse es mir nicht nehmen, den Kater schnell noch zu drücken, was er erwidert.

»Mach es gut und pass auf dich auf, lieber Kater«, verabschiede ich mich, sehe aus dem Augenwinkel, dass die Kohle weniger glüht, und lasse Neko los.

»Ich glaube, du musst dich beeilen. Gute Reise und viel Glück!«

Der Schwarzweiße beeilt sich, auf den kleinen Felsen zu kommen.

»Ich habe ein bisschen Angst«, lässt er sich noch vernehmen, springt, berührt die Wasseroberfläche, ist jedoch verschwunden, bevor er eintauchen kann.

Ich will mich auf den Weg nach oben machen, stolpere erneut, rutsche aus und falle in den Main, wo mich ein Strudel erfasst und ...

... ich komme wieder zu mir, sitze auf dem Sofa meiner Eltern inmitten der Familien-Weihnachtsfeier und finde das Päckchen meiner Nichte vor mir auf dem Schoß. Das Papier wurde von ihr mit Weihnachtsbäumen und Katzen bemalt, extra für mich, das bringt mich zum Lächeln. Du meine Güte, wir haben wohl vorhin ein bisschen zu viel Eierlikör getrunken – zumindest ich, ich vertrage ja nichts. Eierlikör gehört bei unseren Weihnachtsfeiern einfach dazu. Ich muss wohl eingenickt sein und habe das alles nur geträumt. Endlich öffne ich das Geschenk, entferne vorsichtig das Papier, öffne die Kiste und finde darin einen Grüne-Soße-Pyjama und eine kleine Flasche Eierlikör. Na dann: Frohe Weihnachten!

EIN UNGEWÖHNLICHES WEIHNACHTSFEST

VON JUTTA STEMMLER

Kommissar Schmidt kämpfte sich stöhnend die Treppe zu seiner Wohnung hoch. In der Hand hielt er einen sperrigen Weihnachtsbaum. Insgeheim verwünschte er den Verkäufer, der ihm dieses, für seine Wohnverhältnisse großes Exemplar aufgeschwatzt hatte. Leise fluchend öffnete er die Tür zu seiner Wohnung. Ächzend ließ er den Baum in der Diele fallen. Das konnten ja schöne Weihnachten werden. Wenn es nur nach ihm gegangen wäre, hätte er dieses Jahr, wie schon die Jahre davor, Weihnachten einfach aus seinem Gedächtnis gestrichen. Doch dieses Jahr hatte sich seine Tochter mit Freund angemeldet. Hoffentlich nicht dieser Brille tragende Milchbubi vom letzten Mal. Dieser Typ erweckte bei ihm den Eindruck, dass er bei jeder Entscheidung noch seine Mutti Fragen musste. Naja, letztendlich nicht sein Problem. Mit dieser unterentwickelten Kreatur musste Patricia selber zurechtkommen. Bei ihrem letzten Besuch hatte er ihr das auch unmissverständlich mit seiner diplomatischen Art klargemacht. Patricia meinte zwar, ihr Paps hätte den Charme eines Holzhammers, aber für irgendwelche säuselnden Fisimatenten hatte er einfach keinen Nerv und auch keine Zeit. Wo sollte das denn hinführen, wenn er jedem Verbrecher, den er verhören musste, auf die sanfte Tour kam? Da würde er von den schweren Jungs nicht mehr ernst genommen werden.

Und seine Kollegen erst ... Schmidt schüttelte den Kopf. Nein, diesen Gedanken wollte er gar nicht erst zu Ende denken. Plötzlich durchbrach ein schrilles Klingeln seinen Gedankenstrom. Noch im Mantel ging er, um den Summer an seiner Tür zu betätigen. »Wer stört?«, schnarrte er durch die Leitung.

»Wie reizend«, ertönte eine wohlklingende weibliche Stimme durch das Haustelefon. »Können Sie mir netterweise die Haustür öffnen? Ich ziehe heute in die Wohnung im zweiten Stock und habe schon ein paar Kleinigkeiten dabei. Das Möbelauto kommt auch gleich.« Schmidt drückte schweigend auf den Türsummer. Na toll, jetzt bekam er auf seiner Etage auch noch Gesellschaft.

Eigentlich fühlte er sich allein im zweiten Stock ganz wohl. Keiner, der ihn in ein Schwätzchen verwickeln wollte, wenn er spätabends aus dem Präsidium kam. Gerade, als er seinen Mantel an die Garderobe hängte, knallte es an seiner Wohnungstür. Schmidt fluchte vor sich hin und riss die Tür auf. Vor ihm stand dieses Frauenzimmer mit einer Zimmerpalme in der Hand, dessen zerschmetterter Blumenkübel auf seinem Türvorleger lag. »Hallo«, begrüßte ihn da diese unmögliche Person und streckte ihm lächelnd die Hand entgegen. »Melody Forster, schön, Sie kennenzulernen.«

Na, davon konnte ja wohl aus seiner Sicht nicht die Rede sein. Schweigend musterte Schmidt sein Gegenüber. Vor ihm stand eine Frau Mitte vierzig, leicht übergewichtig, mit langen braunen Haaren, die in einem Pferdeschwanz steckten. Bekleidet war besagte Melody mit Jeans, die jetzt allerdings mit Blumenerde bespritzt waren. Bevor der Augenblick zu peinlich werden konnte, ergriff er ihre Hand. »Georg Schmidt«, knurrte er. »Freut mich«, sagte Melody und schüttelte diese. Dann wischte sich die Dame über ihre Stirn. »Ja, dann will ich mal weitermachen, sonst steht heute Abend noch nicht einmal das Nötigste. Morgen trete ich dann meine neue Stelle an, und übermorgen ist schon Weihnachten. Dieses Jahr habe ich zum ersten Mal keinen Weihnachtsbaum. Dafür wird der nächstes Jahr besonders groß.« Mit diesem Satz drehte die Dame sich um und verschwand mit der lädierten Palme in der Wohnung gegenüber.

Seufzend machte Georg Schmidt sich auf den Weg, Kehrschaufel und Besen zu holen, um das Desaster auf seiner Fußmatte zu beseitigen.

Am nächsten Morgen saß Schmidt pünktlich an seinem Schreibtisch. Konzentriert schaute er auf den neusten Bericht, den ihm sein Kollege Walter gerade auf den Schreibtisch gelegt hatte.

War denn den Ganoven noch nicht einmal Weihnachten heilig? Eine Bande von Nikoläusen trieb in seiner Stadt ihr Unwesen. Von Taschendiebstahl bis Wohnungseinbruch, nichts war diesen Typen heilig. Natürlich war gerade die Zeit vor Weihnachten für Ganoven besonders lukrativ. Zeugen gab es in diesem Fall einige, genauso wie Opfer. Leider war besagte Täterbeschreibung nicht wirklich hilfreich. Alle sahen nur einen Weihnachtsmann im Zusammenhang mit den Straftaten. Einfach klasse! Wo sollte man da bitte ansetzen? Grüblerisch starrte Georg Schmidt vor sich hin. Er wartete in solchen Situationen auf seinen speziellen Kick, wie er es nannte. Seine göttliche Eingebung, die ihm den Ansatz lieferte, wie man bei diesem

Verbrechen vorgehen musste. Dass es sich um eine organisierte Bande handelte, stand für den Kommissar ohne Zweifel fest. Dazu kam noch der enorme Zeitdruck. Er musste die Ganoven noch vor morgen dingfest machen. Denn morgen war Weihnachten. Danach würden sich die Kerle anderweitig maskieren und somit den Vorgang des Festsetzens erneut erschweren. Ein Räuspern unterbrach seinen Gedankenstrom. Schmidt schaute auf und begegnete Walters Blick, der vor seinem Schreibtisch aufgetaucht war. »Hallo«, sagte dieser, »der Chef will dich kurz in seinem Büro sprechen.« Schmidt schaute auf. »Okay«, sagte er und erhob sich seufzend von seinem Schreibtischstuhl. Er musste sich dringend aufraffen, um wenigstens vor der Arbeit wieder zu joggen. So langsam passte ihm keine seiner Hosen mehr. Am Anfang hatte er sich noch mit Erfolg eingeredet, dass seine Hosen beim Waschen eingegangen waren. Aber jetzt war endgültig Schluss, sich selbst zu belügen. Gleich nach den Feiertagen würde er seinen guten Vorsatz auch umsetzen. Mit allem Drum und Dran. Dazu gehörte auch der Verzicht auf seine heißgeliebten Snacks vor dem Fernseher. Mit diesem Gedanken war er vor der Bürotür seines Chefs angelangt.

Nach einem kurzen Klopfen drückte er die Klinke herunter und betrat das Büro von Oberkommissar Lehmann. Bei seinem Eintreten wandten sich ihm zwei Köpfe zu. Der eine war Lehmann und der andere gehörte zu einer Frau, die seinem Chef im Besucherstuhl gegenüber saß. Wie vom Blitz getroffen, blieb Kommissar Schmidt plötzlich stehen. Das Frauenzimmer war ihm noch deutlich im Gedächtnis. Die braunen Haare und die kecke Stubsnase brachte er gleich mit seinem von Blumenerde und Topfscherben übersäten Fußabtreter von gestern in Verbindung.

»Ah Schmidt, da sind Sie ja«, ergriff sein Chef das Wort und erhob sich. Die Dame tat es ihm gleich, und stand ihm nun gegenüber. »Das ist Kommissarin Forster, unsere neue Kollegin«, stellte sein Chef vor. »Frau Forster wird Sie im Fall der Nikolausbande unterstützen. Sie wissen ja, uns läuft die Zeit davon«, sagte sein Vorgesetzter. Schmidt hielt die Luft an. Wenn ihn nicht alles täuschte, schwang im letzten Satz seines Chefs ein ungeduldiger Unterton mit. Frau Forster streckte Schmidt ihre Hand entgegen. »Hallo«, begrüßte sie den Kommissar, »welch Überraschung.« Lehmann schaute verwundert von einem zum anderen. »Sie kennen sich bereits«, stellte ihr Chef erstaunt fest. »Wir sind uns gestern schon einmal zufällig über den Weg gelaufen«, sagte da auch schon seine neue Kollegin. Lehmann nickte kurz, und schaute bereits wieder zu seinem Schreibtisch. »Schmidt, nehmen Sie sich doch bitte Frau Forster an, zeigen Sie ihr ihren Schreibtisch und bringen Sie die Kollegin in Bezug auf unsere Weihnachtsbande auf den neuesten Stand.« Damit waren beide entlassen und verließen das Büro ihres Chefs. Schmidt konnte es nicht fassen. Jetzt hatte er dieses Weibsstück auch noch jeden Tag bei der Arbeit um sich. Wie konnte das Schicksal nur so grausam sein?

Georg Schmidt zog zufrieden lächelnd seine fertige Weihnachtsgans aus dem Backofen. So wie das Vögelchen aussah, hätte er auch durchaus Karriere als Gourmetkoch gemacht.

»Paps, kann ich dir helfen?«, fragte seine Tochter vom Wohnzimmer aus. Patricia hatte bereits geschmackvoll den Festtagstisch gedeckt. Die kristallenen Weingläser und das erlesene Porzellan schimmerten im Kerzenschein. Nach dem Festmahl, das sich aus einer Vorsuppe aus Gänsefond, dem Hauptgang, gebratene Gans mit Klößen und Rotkohl, und zum krönenden

Abschluss Eis mit heißen Himbeeren zusammensetzte, sollte Bescherung sein. Für seine Tochter und den Milchbubi hatte er eine Reise von zwei Wochen Gardasee vorgesehen. Der Kommissar ging ins Wohnzimmer, um die heiße Suppe zu servieren. Der Tisch war für drei Personen gedeckt. Robert (Milchbubi) war mit dem Entkorken der Rotweinflasche beschäftigt.

Pat hatte diesen Typen immer noch. Naja, so langsam sollte er sich als Vater damit abfinden, dass es seine Tochter wohl ernst meinte. Und so verkehrt war Robert bei näherem Hinsehen ja doch nicht. Außerdem hatte er heute ausgesprochen gute Laune. Endlich hatten sie die Mitglieder der Nikolausbande geschnappt. Zumindest die meisten. Gestern waren er und die Forster auf dem örtlichen Weihnachtsmarkt undercover unterwegs gewesen, um sich umzuschauen. Und prompt wollte sich einer der diebischen Weihnachtsmänner an der Handtasche seiner Kollegin vergreifen.

Die Forster in Aktion war echt ein Hingucker. Ruckzuck hatte sie den Kerl dingfest gemacht. Auf dem Präsidium hatte er auch schon gesungen wie ein Vögelchen, kaum spricht man von Strafmilderung. Dem Kerl war es letztlich zu verdanken, dass die Bande aufgespürt und verhaftet werden konnte. Leider fehlte noch der ein oder andere. Aber mit den Kerlen, die bereits hinter Schloss und Riegel saßen, war das nur noch reine Formsache. Da war nach Weihnachten noch genug Zeit. Georg Schmidts Blick glitt zu seiner Tochter, die ihn grüblerisch musterte. »Was ist los, Schatz, habe ich Suppe auf dem Hemd?«, fragte er scherzhaft. »Nee Paps, ich dachte gerade nur, dass es doch sehr schön wäre, wenn du auch jemanden hättest, mit dem du ab und zu etwas privat unternehmen könntest.« Oha, was waren denn das für Töne, die seine Kleine da anschlug? »Ich geh jeden Mittwoch zu meinem Kollegen Walter, zum Skat«, verteidigte er sich. Seine Tochter lachte glockenhell auf.

»Oh Paps, du weißt genau, dass ich an weibliche Gesellschaft dachte«, stellte seine Tochter richtig. Georg Schmidt wurde nachdenklich. Er dachte dabei an seine Nachbarin. Vielleicht sollte er sie wirklich einmal privat einladen. Seine Gedanken wurden unterbrochen, als es an der Tür schellte. So wie der Ton klang, stand der Mensch bereits vor seiner Wohnung. Er erhob sich, und öffnete die Tür. Als erstes schaute er in den Lauf einer 45er Magnum, dann glitt sein Blick nach oben zu der Person mit der Pistole. Er erblickte einen Weihnachtsmann. Einen aus der besagten Bande, der sich seiner Festnahme bisher entzogen hatte. Der Nikolaus wedelte ungeduldig mit der Hand, die die Pistole hielt, und dirigierte so den Kommissar ins Wohnzimmer, wo sich seine Tochter und ihr Freund bereits vom Tisch erhoben hatten. Verblüfft beobachtete der Kommissar, wie sich Robert vor seine Tochter stellte, um sie vor dem Nikolaus und der Kanone abzuschirmen. »Los, alle da rüber«, schnarrte der Gangster, und führte die zwei jungen Leute in Richtung Gästezimmer, um sie dort einzuschließen. Plötzlich sah der Kommissar Melody Forster hinter dem Verbrecher lautlos in seine Wohnung schleichen, in der Hand eine Bratpfanne aus Gusseisen. Hastig heftete der Kommissar seine Augen auf den vor ihm stehenden Nikolaus. Kommissarin Forster holte aus, und ließ besagte Pfanne mit Schwung auf den Hinterkopf des Schurken sausen. Lautlos ging dieser vor dem Kommissar zu Boden. Der Rest war Routine. Schnell wurde der Nikolaus mit Handschellen gefesselt, die Familie befreit, und das Präsidium angerufen.

Nachdem sich alle von dem Schreck soweit erholt hatten, wurde noch ein zusätzliches Gedeck aufgelegt und Frau Forster zum Weihnachtsessen eingeladen. Was für eine patente Person. Was für ein ungewöhnliches Weihnachtsfest.

ES WAR EIN UNFALL

VON KLAUS-MARIA MEHR

Wir waren beste Freunde. Heute sind wir alte Freunde. Aber einmal im Jahr sehen wir uns noch. Immer an Weihnachten. Wir treffen uns in Regensburg. Der schönsten Stadt des Universums. So dachte ich mal. Heute ist es der Ort, in dem meine Eltern leben. Der Ort, an dem wir eben Weihnachten verbringen, um nicht alleine in unserer Wohnung zu sitzen. Und für mich der Ort, an dem noch meine alten Freunde leben. Wie immer bin ich einen Tag vor meiner Frau angereist. Ein bisschen Freiheit, ein bisschen Einsamkeit – und natürlich meine alten Freunde.

Wir sind in unserer Kneipe verabredet, wie jedes Jahr am 23. Dezember. Ich bin zu spät, wie jedes Jahr. Trotzdem parke ich ein gutes Stück von der Altstadt entfernt, am Rande eines Parks auf der anderen Seite der Donau, und gehe den Rest zu Fuß.

Regensburg mag zu gewissen Jahreszeiten immer noch eine schöne Stadt sein. Im Winter ist sie das nicht. Nebel hängt zähflüssig wie grauer Sirup über dem Fluss. Es ist kalt. Nasskalt. Nicht schön winterlich kalt mit Schneeflöckchen oder klirrend klarem Winterlicht. Der feuchte Donau-Nebel dringt in jede Pore. Durch meinen Wintermantel bis in die Knochen sickert er, während ich über die Steinerne Brücke in Richtung Kneipe gehe. Die dunklen, alten Gassen werden nur erhellt von Weihnachtsgirlanden, die sicher mal vor 30 Jahren neu gewirkt hatten. Die mich als Kind sicher auch beeindruckt und mir dieses warme Bald-ist-Weihnachten-Gefühl eingehaucht hatten. Heute sehe ich nur matt glühenden Kitsch in der Düsternis.

Wenn die Stadt wenigstens still und leer wäre wie ein mediterraner Touristenort im Spätherbst. Dann hätte man noch eine gewisse morbide Romantik. Aber das ist sie nicht. In den Weihnachtsmärkten steckt das große Geld. Da wird Asche gemacht. Die ganze Altstadt besteht nur aus Marktbuden, wo der gute Krimskrams wie Panflöten, Glasschmuck und natürlich lauwarmer Glühwein angeboten wird. An jedem Platz säuselt dieser süßliche Glühweingeruch und vermengt sich mit Donau-Nebel und »White Christmas«.

Endlich die richtige Gasse mit der leicht versteckten Kneipe im Hinterhaus nach einem mittelalterlichen Innenhof. So heißt sie natürlich auch. Hinterhaus. Die Holztische, die so kaputtgeritzt sind, dass sie gefühlt nur noch von einer dicken Speckschicht zusammengehalten werden, sind dieselben geblieben. Auch die schlechte Musik. Mir war sie immer zu laut. Die Aschenbecher hat jemand durch Kerzen ersetzt. Dem Geruch in der Kneipe hat das nicht gutgetan. Wo früher einfach dicke Rauchwolken waberten, schmeckt heute die Luft nach Schweiß, abgestandenem Bier und Klo.

Die Menschen sind andere. Irgendwie jünger. Irgendwie werden sie jedes Jahr jünger. Ich komme mir komisch vor. Als würden mich alle anstarren in meinem Mantel mit Pelzkragen und mit meinem angegrauten Haar. Wahrscheinlich starren sie mich wirklich an. Vor 15 Jahren war das noch nicht so. Und da sitzen sie auch schon. Meine alten Freunde. Genauso angegraut.

Patrick Baumann, genannt Baumi, also wohl nur noch in diesem Kreis, seine echten Freunde werden ihn wohl Patrick nennen, wir nennen ihn Baumi, er sieht mich als Erstes. Ein Lächeln huscht über sein Gesicht, aber sonst reagiert er nicht. Er weiß, wie sehr ich es genieße, erstmal anzukommen, zu beobachten, mir ein paar Sätze zur Begrüßung zurechtzulegen. Den glatzköpfigen Riesen mag ich bis heute. Neben ihm sitzt der zusammengesoffene Gurgi. Heute klingt der Spitzname etwas albern für einen geschiedenen Alkoholiker, drei Kinder, den seine Frau aus seinem eigenen Haus geschmissen hat und der jetzt über dieser Kneipe wohnt. Daneben Thomas Müller, genannt Fisch, warum, weiß ich nicht mehr. Der Name Thomas Müller war wohl schon besetzt. Fisch weiß und wusste immer alles über jeden und sieht so gar nicht wie ein Fußballer aus. Er war schon immer fett und ist mit zunehmendem Alter noch fetter geworden. Und da sitzt Lena. Einfach nur Lena und kein Spitzname. Wir wollten damals beide Schauspieler werden, heute ist sie Lehrerin und ich – Gott sei Dank – nicht. Wären wir damals ein Paar geworden, ich bin sicher, wir beide wären heute Schauspieler. Aber wir waren beide zu feige. Für das Paarding und für die Schauspielerei. Und so bin ich Lokaljournalist und sie Lehrerin an unserem alten Gymnasium, Deutsch und Geschichte. Dafür hat sie sich gut gehalten. Sicher, ein paar Falten da und dort. Das feuerrote Haar ist heute bravbraun. Aber ihre Augen, die sind noch wie früher. Ich genieße diesen Moment, während ich in der Bar stehe und diese Geister aus der Vergangenheit beobachte – bis mich Paul sieht und sofort den Arm um Lena legt. Lena und Paul. Ein Paar?

Das überrascht mich. Paul ist Witwer und das noch nicht so lange. Ein paar Monate dürften es jetzt sein. Sofort fällt mir diese Karte wieder ein, die er uns geschickt hat. Die Karte war so geschmacklos wie Paul selbst. Seine arme tote Frau war im weißen Nachthemd abgebildet und hatte Engelsflügel. Paul der Künstler hatte sie selbst gestaltet. *In tiefer Trauer teilen wir euch mit, dass Julia am so und so vielten gestorben ist.* Soweit so gut. Und dann kommt der handgeschriebene Zusatz, gleich vor Pauls Unterschrift, der mir jetzt wieder einfällt: *Es war ein Unfall.*

Natürlich war es ein Unfall. Was soll es sonst gewesen sein? Paul fuhr mit seiner Frau im Auto nach Hause, kam von der Straße ab, krachte gegen einen Baum. Paul blieb unverletzt. Seine Frau starb noch am Unfallort.

Baumi, inzwischen aufgestanden, schlägt mir mit seinem Muskelarm in den Rücken. »Wenn du da noch länger so stehst, sieht's komisch aus.«

Ich setze mich, jemand stellt ein volles Glas frisches Regensburger Bier vor mich. Auch das hat sich nicht verändert. Du setzt dich hin, du bekommst ein Bier. Und was für ein Bier. Gott, habe ich dieses Bier vermisst. Wir stoßen an, trinken. Ich mustere die Runde mit einem Lächeln, das nicht mal gespielt ist.

»Gott, seid ihr alt geworden.«

»Jaaa«, sagt Fisch in seinem typisch unterdrückten Ton, als würde er mit zusammengebissenen Zähnen reden. Kneipen sind nicht sein natürliches Terrain. Er fühlt sich am Telefon wohler. Oder unbeobachtet in dunklen Ecken.

»Sprich nur für dich selbst«, sagt Baumi, »ich bin so jung, wie ich mich fühle.« Dazu hustet er theatralisch. »Also auch alt, hahaha.«

»Aber schön, dass wir uns wiedersehen«, sage ich. »Und Paul, was macht das Leben?«

Betretenes Schweigen. »Achso und mein Beileid noch mal.«

»Ahahaha, typisch Nick«, sagt Baumi. Alle lachen, außer Gurgi, der den Witz nicht verstanden hat. Wir stoßen an, trinken, quatschen, lachen. Und doch, immer, wenn mein Blick auf den schönen Paul fällt mit Lena im Arm, höre ich wieder seinen Satz, als würde er mir es immer und immer wieder beteuern wollen. Es war ein Unfall.

Ich ließ mir damals den Polizeibericht zuschicken und telefonierte – vorgeblich als Journalist – mit dem ermittelnden Beamten. Warum ich das getan habe, weiß ich nicht mehr. Geschrieben habe ich nichts. Ich arbeite weit weg von Regensburg. Jetzt glaube ich aber, der Satz ließ mir schon damals keine Ruhe. »Es war ein Unfall.« Warum schreibt man so etwas?

Julia, von uns Jule genannt, war nicht angeschnallt. Er schon. Sie saß, besoffen, wie so oft, auf dem Beifahrersitz. Glücklich war ihre Beziehung nicht. Schön waren sie nur nach außen. Das sagt zumindest Fisch. Paul schützten Anschnallgurt, Airbag und alles andere, was so ein kleiner BMW zu bieten hat, Jule flog geradewegs gegen die Windschutzscheibe, die nicht splitterte. Dafür ihr Kopf. Bei der Beerdigung musste ich immer an ihren Kopf denken. Wie das wohl aussah? Ob man die Schädelteile, die Hirnmasse wieder fein säuberlich zusammensammelte und mit in den Leichensack steckte, was wohl der Bestatter damit machte. Wie er wohl jetzt gerade im Sarg aussah. Ihr Kopf. Kleben die das vielleicht wieder?

Julia war sehr hübsch. Genauso wie Paul. So sind die beiden ein Paar geworden. Schönheit schweißt offenbar zusammen. Das schönste Paar am Schulhof, an der Uni, beim Klassentreffen. Das Traumpaar Julia und Paul. Und nicht Lena und Paul. Obwohl Lena immer in ihn verliebt war und nicht in mich.

Eigentlich sind wir schon ganz woanders. Alte Schulerinnerungen, wie Baumi, Gurgi und ich immer zu dritt ins Direktorat gerufen wurden, wie wir unsere Verweise sammelten. Es passt also nicht. Trotzdem sage ich wie aus dem Nichts:

»Aber mal ernsthaft Paul, schön, dass du da bist. Du siehst gut aus. Nach alldem. Wie krass. Ich kann das gar nicht fassen.«

»Jetzt ist wieder alles gut.« Paul lächelt, ein bisschen zu schelmisch, finde ich.

»Und Lena? Du und Paul oder wie?« Lena schaut betreten. Lächelt aber auch, will etwas sagen.

»Sie hat sich um mich gekümmert«, kommt ihr Paul zuvor. »Zu sehr offenbar. Hahaha.«

Anstoßen, trinken. Neues Bier.

Es war ein Unfall. Erst jetzt, wie Paul fest den Arm um Lena schlingt und mich fast vorwurfsvoll mustert, bekommt der Satz noch mal eine andere Qualität für mich. War es ein Unfall? Jule war nett. Interessiert hat sie mich nie als Frau. Außer vielleicht ihre Stupsnase und die lustigen Sommersprossen. Hübsch war sie und als Trinkerin habe ich sie gemocht. Sie konnte mit mir mithalten. Damals zumindest, als ich noch trinken durfte und wir immer die Letzten waren in dieser Kneipe. Paul, der Künstler, schon in anderen Sphären, der Rest im Bett. Ich mochte Jule und ich liebte Lena. Die Stille, keine Schönheit, aber für mich so schön, mit ihrer Narbe vertikal auf der Stirn, die jetzt immer mehr zur Falte wird, ihren schmalen, grauen Augen. Lena hat nie getrunken, außer wenn sie an Paul dachte. Und nicht an mich. Und jetzt nimmt er sie in den Arm und Jules Kopf vermodert in Bruchstücken. Vielleicht bin ich einfach nur eifersüchtig. Ja, das wird es sein.

Das Bier läuft, die Gespräche werden lauter und inhaltsloser. Paul sieht immer noch gut aus, seine blonden Locken purzeln nur so an seinem glatten Gesicht entlang. Seine Augenringe, die er zu Jules Zeiten hatte, sind heller geworden. Ein wenig braun gebrannt ist er. Und das an Weihnachten. Paul, dem alles zufliegt. Der alles nimmt und nichts wieder zurückgibt. Paul, der große Künstler. Naja, eigentlich lebt er von dem Geld von Jules Eltern. Sagt zumindest Fisch. Und seine Kunst ... ich konnte nie etwas damit anfangen. Für mich machten seine Bilder immer den Eindruck von schlecht zusammengebastelten Windows-Desktop-Hintergründen. Jule hatte sich immer darüber lustig gemacht. Und zu späteren Stunde geschimpft, dass seine Kunst das Geld ihrer Eltern verbrennt. Geheiratet hat sie ihn trotzdem. Und jetzt ist Jule tot und Paul immer noch hübsch. Hübsch und frei. Und vielleicht ein Mörder? Geben Mörder nicht unterbewusst Hinweise? Wollen sie nicht eigentlich gefasst werden?

»Wart ihr dann gleich im Urlaub, ihr zwei?«

»Naja, ja. Ich kam daheim echt nicht mehr klar. Und Lena hatte dann Ferien. Da sind ma nach Thailand.«

»Och schön.«

»Ja«, sagt jetzt Lena. »Das war echt schön. So schöne Strände, die ganze Natur, wir waren sogar Tauchen!«

»Naja«, sage ich. »Solange kein Unfall passiert.«

Stille. Abgesehen von der scheußlichen Rockmusik und Gurgi, der Baumi und Fisch von seinen Kindern erzählt, die er einmal die Woche sehen darf, sofern er nüchtern genug ist. Ich beiße mir auf die Lippen. Idiot.

»Wie meinst'n das jetzt?«, fragt Paul.

»Nur, nur so«, stottere ich. »Unfälle passieren ja so oft. Eben gerade beim Tauchen. Einfach so. Deshalb.«

»So hat sich das jetzt aber nicht angehört.«

»Ach komm Paul, lass es sein«, sage nicht ich, sondern Lena und schaut mich dabei böse an.

Na, das lief ja blendend. Ich suche den Aschenbecher am Tisch und erinnere mich, dass er nicht mehr da ist und nie wieder kommt. »Ich geh mal eine rauchen.«

Draußen im Hof, hinterm Haus ist fast genauso viel los wie an den Glühweinständen in der Gasse. Ich suche mir eine Ecke, drehe eine Zigarette, zünde sie an, ziehe lange durch. Die kalte feuchte Luft tut gut. Der Sauerstoff macht schwindlig. Wie viel haben wir schon getrunken? Sechs, sieben Bier?

»Frischluftwatschn«, sagt Baumi, der sich vor mir aufbaut wie eine Wand mitten im Hof und grinst. Er zündet sich auch eine an. Immer noch Gauloises, wie vor 15 Jahren. »Sag mal, was war'n das grad mit dem Unfall?«

Ich zögere kurz. Ach, was soll's. Ich kann es eh nicht mehr gut sein lassen. Das zeichnet mich wenigstens aus. Sonst bin ich glatt, unauffällig, spießig, feige. Aber wenn ich mal über etwas stolpere, das sich falsch anfühlt, bohre ich so lange weiter, bis ich etwas finde. Ich erzähle Baumi von der Trauerkarte und diesem Satz. Er schaut mich ungläubig an. Zum Sprechen kommt er nicht mehr, weil Paul hinter einer Gartenwand hervortritt, die im Sommer als Raumteiler zwischen den Tischen dient.

Er lächelt freudlos und blitzt mich mit seinen kalten blauen Augen an. Nur kurz, dann entspannt sich sein schönes glattes Gesicht wieder. »Na? Alles fit? Hat jetzt jemand 'ne Kippe für mich oder muss ich betteln?«

Ich kann dir eine drehen, will ich sagen, bringe aber keinen Ton heraus. Die Hand mit meiner Zigarette darin zittert. Baumi zückt seine Gauloises. »Selbstgedrehte vom Nick wär mir schon lieber gewesen, gell, die riechen immer so gut. Hmmmmm.«

Ich atme aus, versuche meine zitternde Hand unter Kontrolle zu bringen. »Der Nick, früher so ein Loser, jetzt der große Journalist, gell, machst viel so investigativ, ne?«

»Naja«, sage ich. «Eher lokal.«

»Investigativ dann eher privat, oder was?«

Ich starre ihn an. »Haha, nur Spaß, trink ma noch eins, oder?«

Wir trinken noch eins. Und nicht nur eins. Ich hätte es dabei bewenden lassen. Rosa Alkoholdunst und Erleichterung überwiegen, dass Paul meine ganz offensichtlich aus Eifersucht motivierte Theorie nicht einfach meinen Freunden kredenzt hat.

Natürlich nagt es an mir. Die ganze Zeit. Aber das Bier hilft. Und vielleicht war's ja auch wirklich nur ein Unfall, egal, was mein Gefühl sagt. Was weiß ich denn schon. Fast wäre es ein schönes Besäufnis geworden wie jedes Jahr.

Fast.

Wäre da nicht Fisch gewesen.

Viel später in der Nacht, das Hinterhaus hat schon lange zu, wir trinken Gurgi noch sein Lidlbier weg, während er in sein Alkoholkoma fällt, decken ihn auf seinem fleckigen Sofa zu und torkeln in den Nebel. Alle müssen über die Steinerne Brücke. Baumi hat mir sein Sofa angeboten, was mir lieber ist als Gurgis Matratze. Er wohnt in Stadtamhof. Paul wohnt da auch in einem sanierten Altbau mit Garten zur Donau. Was in unserer Kindheit graue Vorstadt war, ist heute das Schwabing Regensburgs. Fisch kommt auch mit, er will sich ein Taxi nehmen von da nach Hause. Ist billiger von der anderen Flussseite. Der Donau-Nebel wabert über die Brücke und vermischt sich mit dem Alkoholnebel in meinem Kopf, während ich hinter Paul herwanke. Der wird liebevoll von Lena gestützt, Paul hält sich an ihrem Hintern fest.

Es war ein Unfall. Eben nicht, denke ich. Warum bist du nur so verdammt feige? Los! Sprich ihn drauf an. Wenigstens fragen kannst du ihn. Feigling.

Und dann bleibt Fisch plötzlich stehen. So plötzlich, dass Baumi gegen ihn läuft. Fisch blickt in den braunen, stinkenden Fluss, der da unter uns gurgelt mit seinen tiefen, gefährlichen Strudeln. »Hier passieren Unfälle«, sagt Fisch ernst. »Der Fluss ist gefährlich.« Er macht eine Pause, blickt von den braunen Strudeln hoch zu Paul: »Aber Unfälle passieren eben, oder?« Fisch, der immer nur durch seine Zähne spricht und täglich den Frust der Welt in sich hineinfrisst, ist ein mutigerer Mann, als ich jemals sein werde. Paul steht plötzlich ganz selbstständig und starrt nicht Fisch, sondern mich an.

»Ja«, sage ich, »Unfälle passieren. Aber keine Sorge Fisch, Fische schwimmen ja. Und wenn du ertrinkst, designt dir Paul sicher eine Karte. Vielleicht schreibt er's auch noch mal rein, dass es ein Unfall war, damit es auch alle wissen.«

»Was ist dein Problem?«, knurrt Paul.

»Ich hab kein Problem. Ich will es nur wissen. Wer schreibt in eine Trauerkarte, dass es ein Unfall war? Wenn jemand an Krebs stirbt, schreibt man ja auch nicht rein. ›Es war Krebs‹.«

Paul grinst. »Du spinnst. Du bist ein kleiner Spinner, warst du ja schon immer. Ein neidischer, kleiner Verlierer-Spinner. Kannst es nicht ertragen, dass es mir gut geht, gell, musst graben, dir was ausdenken, du toller kleiner Lokaljournalist, du.«

»Vielleicht grabe ich auch weiter. Mit dem Polizisten hab ich ja schon telefoniert.«

Paul bewegt sich ganz schnell, packt mich am Kragen meines Mantels und drückt mich über das steinerne Geländer der Steinernen Brücke. Meine Füße verlieren den Boden, mit angewinkelten Knien drücke ich noch gegen glattes Granit, meine

Hände umklammern seinen Arm. Wenn er jetzt loslässt, falle ich.

»Dann recherchier mal über Unfälle in der Donau«, zischt er. Im Augenwinkel erkenne ich an Lenas Gesichtsausdruck, dass er gerade einen Fehler gemacht hat. Ihr Entsetzen macht mich glücklich. Überhaupt, ich habe keine Angst mehr. Unter mir gurgelt die Donau verheißungsvoll.

»Es war ein Unfall.« Ich grinse ihn an. »Ich versteh dich ja irgendwo. Du sitzt am Steuer, sie sitzt neben dir, macht sich über dich lustig. Über dich und deine Kunst. Sie macht das, was niemand darf. Sie macht ihn klein, den großen Paul. Und da fällt dir ein, dass sie ja nie angeschnallt ist und eh blau und es ist ja schon spät. Da kann man ja mal einschlafen am Steuer. Oder ein Fuchs läuft über die Straße, was war es denn jetzt? Da widersprechen sich ja deine Aussagen ein bisschen.«

Baumi schnauft, löst sich aus seiner Schockstarre. »Nick, du spinnst doch. Und du auch, Fisch. Ich hab dir das im Vertrauen erzählt, dass der Nick langsam durchdreht.« Ich schließe die Augen.

»Sie wollte ihn verlassen wegen Lena«, sagt Fisch monoton. Ich öffne die Augen wieder. Alkohol und Adrenalin vermischen sich zu einer wohligen Masse in meinem Blut. So muss sich Koks anfühlen.

»Na, das passt ja. Du hast dich bei Lena ausgeweint und Julia hat es mitbekommen. Und zu Hause hast du wahrscheinlich eh keinen mehr hochbekommen. Und im Auto hat sie es dir gesagt. Dass es vorbei ist mit dem Geld und mit euch. Wir kennen alle die Strecke zu Julias Elternhaus, wie oft sind wir besoffen nach einer Party von da nach Hause, die schönen Kurven. Fisch, glaub ich, hat die Eine, die scharfe mal nur auf zwei Rädern in seinem alten Fiat genommen. Aber ich wette, mit dem BMW von Julia konntest du die locker mit 120 Sachen fahren. Oder halt eben nicht. Wir kennen auch den schönen Baum, der da direkt an der einen Kurve steht. Plötzlich ist alles so einfach. Du musst nur geradeaus fahren. Und alle deine Probleme sind gelöst.«

Pauls Mimik wechselt so schnell wie die Szenen in einem Actionfilm. Überraschung, Zorn, kalte Berechnung, die Erkenntnis, dass das alles gerade nicht so schlau war, dass, wenn er einfach nichts gemacht hätte, ich als kruder Verschwörungstheoretiker dagestanden und er als Opfer aus der Nummer rausgekommen wäre.

Ist das Schweiß auf seiner Stirn oder Kondenswasser? Dann macht irgendwas Klick in seinem Kopf und seine Züge glätten sich wieder. Er zieht mich an sich heran, ganz nah, als wolle er mir einen Kuss auf die Wange geben und flüstert mir ins Ohr: »Wenn sie ein bisschen hässlicher gewesen wäre so wie du, wärt ihr ein nettes Paar geworden. Redet beide zu viel über Sachen, die euch nichts angehen und am Ende seid ihr dann ganz still und redet nie mehr.«

»Ich ruf jetzt die Polizei, Paul«. Die stille Lena hat ihre Stimme wieder gefunden. »Oder du lässt Nick sofort los.«

Paul lächelt mich ein letztes Mal kalt an. »Ok.« Er reißt mich hoch und lässt los. Meine Füße kratzen Halt suchend über das Geländer und ich falle.

Das ist ja auch so ein Klischee mit dem Leben, das an dir vorbeizieht, bevor du stirbst. Aber genauso ist es. Ich denke an meine Frau, meine Arbeit, die mich doch irgendwie immer erfüllt hat, an mein Studium in dieser wunderschönen Stadt, die ich so sehr lieben und hassen gelernt habe, an Lena, ganz lange an Lena, wie wir ein einziges Mal miteinander geschlafen haben, das war auch kurz vor Weihnachten. So schlimm war mein Leben gar nicht und irgendwie passend, es hier in meiner Stadt in meinem Fluss zu beenden.

Wie tief ist die Donau hier eigentlich? Breche ich mir das Genick oder ertrinke ich? Oder doch ein Herzinfarkt? Alkohol und Winterwasser-Schock gehen sicher nicht gut miteinander. Der Fluss wird lauter, die Stadt auch, alles ist auf einmal so real, so greifbar wie nie, alles ist eins und alles ist gut. Dann platscht es und dröhnt in meinen Ohren und der braune Fluss schließt sein Wasser über mich. Es wird dunkel. Mein Wintermantel saugt sich voll. Alles wird schwer.

Ich öffne die Augen. Schneeflocken fallen mir lautlos aus dem grauen Nebel ins Gesicht. Es ist still. Nur die Donau saugt und schlurft fast anzüglich an der befestigten Uferböschung, auf der ich offenbar liege. Dann erscheint Lena über mir. Klatschnass und nur in Unterwäsche. Sie sieht so jung aus. So hübsch. Wie damals. Sie beugt sich über mich und haucht mir einen Kuss auf die Lippen. Er schmeckt nach Donauwasser. »Danke«, flüstert sie, »danke.« Dann verschwindet ihre Gestalt im Dunst. Irgendwo klingt ›Jingle Bells‹ aus einem WG-Fenster. Komisch, mir ist gar nicht kalt. Das ist Regensburg an Heiligabend, das ist die schönste Stadt des Universums, wie sehr habe ich sie vermisst.

DIE KRAFT DER WORTE: BRIEFE VOM VATER

JÜRGEN WAGNER

Entschlossenen *Schrittes stapfte er durch den Schnee.* Der erste Satz stand. Weiter war ich noch nicht gekommen. Es waren noch drei Tage bis Heiligabend, am nächsten Morgen musste ich die Geschichte abliefern, damit sie noch rechtzeitig erscheinen konnte.

»Wir brauchen eine Weihnachtsgeschichte«, hatte der Chefredakteur gesagt. »Schneegestöber, Lichterglanz, Besinnlichkeit. Weihnachten eben. Ihnen wird schon etwas einfallen.«

Die Aufgabe eines Reporters war es, aufzuschreiben, was er mit eigenen Augen beobachtet hatte. Ich sah aber nichts. Und wie die Geschichte weitergehen sollte, konnte ich mir beim besten Willen nicht vorstellen, geschweige denn, dass ich wusste, wer da entschlossenen Schrittes wohin auch immer stapfte. Wie kam ich überhaupt darauf? Stattdessen starrte ich auf die Bände mit Dickens' Weihnachtsmärchen, die sich vor mir auf dem Schreibtisch stapelten wie eine in Buchdeckel gepresste Erinnerung an die Kraft des Wortes. Ich hatte tatsächlich gedacht, ich könnte den Geschichten etwas von ihrem feierlich-behutsamen Ton ablauschen. Müde durchblätterte ich die Seiten, aber der Funke wollte einfach nicht überspringen. Kurzentschlossen schob ich die Bücher weg, zog meinen Mantel über und ging nach draußen.

Das Wetter war kalt und neblig. Die Glocken der Dankeskirche schlugen sechs Uhr, ihr Klang legte sich über die Häuser der Stadt, es war schon dunkel. Ich folgte dem Klang, vorbei an den Bäumen im Kurpark, die mit Lichterketten behangen waren. Der Schnee glänzte silbrig. *Schneegestöber, Lichterglanz, Besinnlichkeit*, ging es mir durch den Kopf. Das ist leicht gesagt.

Als ich auf dem Kirchenvorplatz ankam, strömte mir eine Schar warm eingepackter Menschen aus dem Portal entgegen. Der Gottesdienst war gerade vorbei. Ich war kein eifriger Kirchgänger, aber irgendetwas zog mich an diesem Abend ins Innere des Gotteshauses, das in ein behutsames Licht getaucht war. Die Luft war erfüllt von Kerzenduft. Aus einer der Türen im seitlichen Schiff trat ein Mann hervor, von dem ich annahm, er müsse der Küster sein. Er trug einen Karton in den Händen, seine Schuhe glitten leise über den Boden. Ich ging durch die Reihen der Bänke nach vorn bis zu einem Tisch, der rechts vor dem Altar stand; auf ihm sollte wohl gleich die Krippe aufgebaut werden. Als Kind bereitete es mir große Freude, einen Groschen in die Spardose an der Krippe zu werfen. Dann spielte eine unter dem Moos versteckte Spieluhr ›Stille Nacht, heilige Nacht‹, und neben dem Stall drehte sich ein Mühlrad, über das sich ein Bächlein ergoss.

Ich setzte mich auf eine der Bänke und betrachtete das Moos, das auf den Altarstufen lag. Der Küster hatte den Stall aus dem Karton gezogen und suchte nach einem geeigneten Standort.

»Dort wird sie wohnen, die heilige Familie«, hörte ich plötzlich eine Stimme sagen. Ich erschrak und drehte mich um. Hinter mir saß ein alter Mann mit einem hageren Gesicht, der in einen Mantel gehüllt war und ein Lächeln auf den Lippen hatte. Er mochte zwischen 70 und 80 Jahre alt sein, schien aber noch sehr rüstig.

»Entschuldigen Sie, wenn ich Sie erschreckt habe. Ich dachte, Sie hätten mich gehört.«

Ich schüttelte den Kopf. Der Küster war wieder in der Sakristei verschwunden, vermutlich um weitere Kartons zu holen. Der alte Mann erhob sich, ging um die Bank herum und setzte sich neben mich. »Sie machen kein besonders glückliches Gesicht«, sagte er und musterte mich dabei. »Weihnachten steht vor der Tür. Das ist ein Grund zur Freude.«

»Wie man's nimmt«, seufzte ich und erzählte ihm von der Weihnachtsgeschichte, die ich schreiben sollte, und dass mir nichts einfiel. »Ich bin Journalist und kein Geschichtenerzähler.«

Der alte Mann sah mich nachdenklich an, dann sagte er: »Sehen Sie die Figuren da vorne?« Er deutete zum Küster, der gerade einen weiteren Karton hereingetragen hatte und die Porzellanfiguren, die er darin fand, in Augenschein nahm. »Sie erzählen uns Geschichten. Es gibt sogar ein Buch, in dem diese Geschichten aufgeschrieben sind«, sagte er und grinste.

»Treiben Sie keine Scherze mit mir. Ich kenne das Buch«, antwortete ich. »Nur wer sagt mir, dass sich die Geschichten auch so zugetragen haben? Wer bürgt für ihren Wahrheitsgehalt? Das Neue Testament wurde zig Jahre nach den Geschehnissen in Palästina niedergeschrieben, vom Alten Testament ganz zu schweigen.«

Ich glaubte, ihn mit meinen Kenntnissen beeindruckt zu haben. Der alte Mann fuhr sich über sein frisch rasiertes Kinn und sah mich wieder an. »Ho ho, ein Schriftkundiger«, lachte er. »Aber wir wollen keine theologische Diskussion vom Zaun brechen«, sagte er nach einer kurzen Pause. »Sie zweifeln offenbar an der Kraft des Wortes.«

Wieder legte sich ein gütiges und zugleich verschmitztes Lächeln um seinen Mund. »Irgendwo habe ich einmal den Satz gelesen, jede Geschichte sei im Grunde genommen schon einmal erzählt worden, es gelte nur, die Geschichten immer wieder aufs Neue zu erzählen, um sie am Leben zu halten. Wenn Sie noch ein wenig Zeit haben, werde ich Ihnen eine Geschichte erzählen. Ich weiß nicht, ob sie als Weihnachtsgeschichte taugt. Aber jedes Jahr zur Weihnachtszeit kommt sie mir in den Sinn.«

Ich nickte zustimmend. Der alte Mann holte ein Taschentuch hervor, schnäuzte sich, und begann zu erzählen.

»Ich wurde in einer kleinen Stadt in der Nähe von Reichenberg im Sudetenland geboren. Eine herrliche Gegend. Nie werde ich die Wälder und Täler vergessen, die mein Vater mit mir durchstreifte. In den Bächen, die das Land durchzogen, bauten wir Staudämme. Wir schnitzten Flöten aus Holunderstängeln und in den warmen Sommernächten lagen wir oft stundenlang auf den Wiesen und suchten den Himmel nach Sternschnuppen ab. Hatten wir eine gefunden, stellten wir uns vor, es sei das Lächeln meiner Mutter, die uns damit sagen wollte, dass es ihr gut geht. Sie müssen wissen«, der alte Mann machte eine Pause und richtete sich auf, »meine Mutter starb bei meiner Geburt. Damals wusste ich das freilich noch nicht, wie ich auch erst lange nach dem Tod meines Großvaters die Wahrheit über so manches andere erfuhr. Aber ich greife vor.« Er hatte sich wieder zurückgelehnt. Es schien, als hatte er die Augen geschlossen.

»Mein Vater hatte mir erzählt, Mutter sei sehr krank gewesen und gestorben, als ich noch klein war. Ein Engel habe sie von ihren Schmerzen befreit und zu sich in den Himmel geholt. Das hörte sich plausibel an, zumal es eine sehr schöne Geschichte über ein sehr trauriges Ereignis war. Mein Vater zog mich alleine groß, und auch wenn ich so manches Mal zu spüren bekam, dass man mir etwas genommen hatte, so kann ich doch nicht sagen, dass ich zu jener Zeit wirklich etwas vermisst hätte.

Im Spätsommer 1938, ich hatte gerade meinen zwölften Geburtstag gefeiert, wurde unsere kleine Welt zerstört. Es war zugleich auch der Anfang der Zerstörung der großen Welt. Der Wahnsinnige aus Österreich hatte wieder eine seiner von Hass und blinder Zerstörungswut erfüllten Reden gehalten, und seine Anhänger wie seine Gegner in unserer Stadt ereiferten sich darin, den Hass und die Zerstörungswut der Worte in Taten umzusetzen. Bewaffnete Männer rannten durch unsere Straße, man hörte Gewehrschüsse. Menschen, die tags zuvor noch friedlich Haus an Haus gewohnt hatten, waren plötzlich zu erbitterten Feinden geworden. Mein Vater packte unsere Sachen. Noch in derselben Nacht sollte uns ein Zug in Richtung Westen bringen. Am Bahnhof sammelten sich die Menschenmassen, Männer, Frauen und Kinder liefen durcheinander, versuchten sich in dem überfüllten Zug einen Platz zu erkämpfen.

In dem heillosen Durcheinander verlor ich meinen Vater aus den Augen. Ich habe ihn nie wieder gesehen. Mit einem Zettel in der Tasche, auf dem die Adresse meines Großvaters stand, kam ich nach Bad Nauheim. Mein Großvater war um die Jahrhundertwende eine bedeutende Persönlichkeit in der Stadt gewesen. Er war Rechtsanwalt, kannte die einflussreichsten Personen und genoss ein hohes Ansehen. Doch das war lange vor unserer gemeinsamen Zeit. Als ich ihn kennenlernte, war er ein alter, geknickter Mann, der Niederlagen hatte einstecken müssen und diese Niederlagen nie hatte verwinden können. Mein Großvater lebte zurückgezogen und pflegte keinerlei Umgang mehr mit den Bürgern der Stadt. Seine Einkäufe erledigte eine Zugehfrau, seine Villa verließ er höchstens dann, wenn er einen Spaziergang auf den Johannisberg machte. Die meiste Zeit verkroch er sich in seiner Bibliothek, die ihm zu einem Abbild der Welt geworden war, wie sie in Wirklichkeit längst nicht mehr existierte.

Auch mir gegenüber zeigte er sich verschlossen. Wir fanden nicht zueinander, und ich litt darunter. Mehr aber noch litt ich unter dem Verlust meines Vaters. Mein Großvater erzählte mir, er sei zurückgeblieben, weil er noch wichtige Geschäfte zu erledigen hatte. Die Umwälzungen im Reich, die sich bald darauf überall zeigten, schienen mir dies zu bestätigen, und ich fragte nicht weiter nach. Ich wurde überhaupt immer stiller, mied meine neuen Klassenkameraden, bekam in der Schule schlechte Zensuren und weinte nächtelang. Bald gab es zwei Menschen in dem großen leeren Haus, die sich vor der Welt verkrochen hatten.«

Der alte Mann räusperte sich. »Eines Tages, es war im Frühjahr 1939, brachte mir mein Großvater einen Brief. Als ich auf dem Absender den Namen meines Vaters las, war ich außer mir vor Freude. Ich riss das Kuvert auf, verschlang die Worte, las den Brief noch einmal und noch einmal und war überglücklich. Die rührende Herzlichkeit, die aus seinen Worten sprach, werde ich nie vergessen. Sofort setzte ich mich hin und schrieb ihm einen Antwortbrief, erzählte, wie es mir seit unserer Trennung ergangen war, teilte ihm meine Wünsche und Sehnsüchte mit, meine Ängste und meine Träume. Anfangs kamen die Briefe wöchentlich, später mochten auch einmal zwei oder drei Wochen vergehen, bis ich eine Antwort von ihm bekam.

Ich schickte meine Briefe an eine Postfachadresse in Berlin. Was mein Vater in der Hauptstadt tat, verschwieg er, und die Zeitumstände geboten es mir, nicht näher nachzufragen. Wichtiger war mir, dass ich endlich wieder jemanden hatte, der mir zuhörte, der mich aber auch herausforderte. Jemanden, der immer einen Ratschlag für mich bereithielt, wenn mich eine Entscheidung quälte, und der mir Zuspruch gab, wenn ich Zuspruch benötigte.

Im Herbst 1944 erfuhr ich, dass mein Vater nicht mehr länger in Berlin benötigt wurde. Er wurde zur Wehrmacht eingezogen. Wenige Monate später, im Januar 1945, fiel er an der russischen Front. Mir selbst blieb der Militärdienst wegen eines Asthmaleidens erspart.

Wir hatten beinahe sieben Jahre lang Briefe ausgetauscht, sieben Jahre, in denen aus dem unreifen Jungen ein junger Erwachsener geworden war. Dank der finanziellen Unterstützung meines Großvaters begann ich nach Kriegsende ein Jurastudium, dem sich eine durchaus ansehnliche Karriere als Rechtsanwalt anschloss. Ich war in die Fußstapfen meines Großvaters getreten. Als ich 1955 meine eigene Kanzlei eröffnete, verstarb er im hohen Alter von 91 Jahren. In der Zeit, in der wir zusammenlebten, waren wir uns nie sehr nahegekommen. Wir hatten gelernt, uns zu respektieren. Aber trotz eines gewissen Abstandes, den er mir gegenüber wahrte, hatte sich fast so etwas wie eine stille Freundschaft entwickelt.«

Eine Tür fiel zu, der Küster war immer noch mit dem Aufbau der Krippe beschäftigt. Der alte Mann fuhr fort: »Ich war das letzte Mitglied unserer Familie und somit auch der Alleinerbe. In der Villa meines Großvaters lebe ich noch heute. Meine Frau verstarb vor einigen Jahren. Ich habe Kinder und Enkel, es ist wieder Leben im Haus. Manchmal sogar etwas zu viel Leben für einen alten Mann, weshalb ich mich gerne an stillere Orte zurückziehe.«

Er machte eine kurze Pause, wir blickten beide zur Krippe, um die der Küster gerade die Hirten und Schafe gruppierte. »Nach der Beerdigung meines Großvaters ließ ich das Haus renovieren. Einzig die Bibliothek, die für ihn stets so etwas wie ein Heiligtum gewesen war, ließ ich unberührt. Erst einige Jahre später fand ich dort in einem der Bücherregale zufällig eine Kiste. Als ich sie öffnete, staunte ich nicht schlecht. Es waren die Briefe an meinen Vater. Chronologisch geordnet und fein säuberlich zu kleinen Paketen verschnürt, lag da meine Jugend vor mir. Jeder der Briefe steckte in einem zweiten Umschlag, der an meinen Großvater adressiert war. Auf einer Liste waren Ortsnamen, Stichworte und Daten notiert, die dem alten Herrn erlaubten, in dem umfangreichen Briefwechsel die Übersicht zu behalten.

Aus einem weiteren Brief, der auf Oktober 1938 datiert war und von einem Freund meines Vaters stammte, erfuhr ich, dass mein Vater bei dem Versuch, im Bahnhof meines Heimatortes auf den vollgestopften Zug Richtung Westen zu springen, gestürzt war. Er zog sich eine schwere Kopfverletzung zu, der er tags darauf im Krankenhaus erlag. Großvater hatte es nicht übers Herz gebracht, mir diese Nachricht zu überbringen.

Aber er schenkte mir so etwas wie einen neuen Vater, jemanden, der stets ein offenes Ohr für mich hatte und der mir über eine Zeit hinweghalf, die in mehrerlei Hinsicht eine schwere Zeit war. Das war seine Art, die Kraft der Worte zu nutzen, um mir das zu geben, was ich brauchte und vermutlich auch, was er brauchte.«

Der alte Mann hatte sich erhoben und blickte zur Krippe. Der Tisch war mit Moos ausgelegt. Hirten, Schafe, ein Ochse und ein Esel standen um den Stall, in dem Maria und Josef vor dem Jesuskind knieten. Über der Krippe leuchtete ein heller Stern. Der alte Mann drehte sich wieder zu mir um. »Irgendein Schriftsteller hat einmal geschrieben, ein Brief sei ein so getreues Abbild jener geliebten Stimme, die da spräche, dass man ihn zu den kostbarsten Schätzen der Liebe zählen könne. Ich denke, ob wir der Stimme, die da spricht, Glauben schenken, liegt ganz allein an uns selbst.«

Der alte Mann sah mich freundlich an und gab mir die Hand. »Ich wünsche Ihnen ein gesegnetes Weihnachtsfest.« Noch einmal drehte er sich zur Krippe um, dann verließ er die Kirche. Als ich die Tür ins Schloss fallen hörte, sah ich auf die Uhr. Der alte Mann hatte über eine Stunde lang erzählt, aber mir schien es, als sei die Zeit wie im Flug vergangen. Ich stand auf, nickte dem Küster zu, der gerade dabei war, die Lichter zu löschen. Dann ging auch ich hinaus.

Draußen schneite es. Es war schneidend kalt, der Himmel war klar. Wieder blickte ich auf die Uhr. Es blieben mir noch einige Stunden Zeit, um meine Weihnachtsgeschichte zu schreiben. Ich schloss meinen Mantel und stapfte entschlossenen Schrittes durch den Schnee nach Hause.

DER WEIHNACHTSBAUMKAUF

VON THOMAS ELDERSCH

Die Autotür flog mit einem ordentlichen Wumms ins Schloss. »Ich hab dir doch gesagt, du sollst die Tür nicht immer so zuknallen«, sagte Martin, als er gerade versuchte, den Sicherheitsgurt in die Halterung neben dem Sitz zu fummeln.

»Ich weiß. Tut mir leid. Ich bin nur so aufgeregt«, erwiderte Marie, die gerade das gleiche probierte. »Wir holen unseren ersten gemeinsamen Weihnachtsbaum. Und dann hat mein Vater auch noch gesagt, dass er Weihnachten zu Besuch kommt. Es ist schon so lange her, dass ich mit ihm feiern konnte. Seitdem er Anna geheiratet hat, ist er ja immer mit zu ihrer Familie gefahren. Ich weiß, ich sollte es nicht sein. Aber ich bin irgendwie froh, dass sie die Grippe bekommen hat.«

Martins Mundwinkel zuckten, als er gerade versuchte, einigermaßen elegant rückwärts aus ihrer Ausfahrt herauszukommen. »Ich weiß, du bist ein böses Mädchen. Deswegen hab ich mich auch für dich entschieden. Ich stehe auf böse Mädchen«, und aus seinem Grinsen wurde ein lautes Lachen.

Marie liebte sein Lachen. Sie liebte alles an ihrer Beziehung zu Martin. Gut, sicher gab es auch mal Knatsch zwischen den beiden. Aber nach kürzester Zeit war jeder Streit vergessen und die beiden lagen wieder kuschelnd auf der Couch.

Seit knapp vier Monaten wohnten Martin und Marie jetzt zusammen. Sie hatte für ihn ihre Einzimmerwohnung in der Innenstadt aufgegeben und war zu ihm an den Stadtrand gezogen. Bislang hatte sie den Schritt nicht bereut. Martin war der erste Mann, mit dem sie zusammengezogen war, und es fühlte sich gut an. Auch wenn seine Unordentlichkeit sie manchmal auf die Palme brachte. Aber das würde sie ihm schon noch abgewöhnen, da war sie sich sicher.

Als sie auf der Autobahn dahinfuhren, vergrub Marie sich in ihren Sitz und sah zu, wie die verschneite Landschaft an ihrem Fenster vorbeizog. Die Straßen waren ungewöhnlich leer, dafür, dass es nur noch ein Tag bis Weihnachten war. *Viele sind wohl schon am Wochenende zu ihren Lieben gefahren*, dachte sie sich.

Warme Luft strömte durch die Lüftungsschlitze ins Wageninnere. Wohlig angenehme 22 Grad standen auf der Anzeige an der Klimaanlage. Dazu dudelte noch Chris Reas Weihnachtsklassiker ›Driving home for Christmas‹ im Radio. Marie war einfach glücklich. Und während noch mehr verschneite Bäume und Hügel an ihrem Fenster vorbeizogen, fielen ihr die Augen zu.

Mit einem Mal war sie wieder elf Jahre alt. Sie saß auf dem Bett in ihrem Kinderzimmer. An den Wänden hingen Filmposter und Starschnitte von Hannah Montana. Dann hörte sie ein Glöckchen dumpf durch die Zimmertür klingeln. Sie sprang auf, riss die Türklinke herunter und rannte ins Wohnzimmer. Dort saßen schon ihre Mutter und ihr Vater auf dem Sofa. Er hatte seinen Arm um sie gelegt und beide lächelten sie an. »Schau mal, das Christkind war schon da«, sagte ihre Mutter und deutete auf den bunt geschmückten Baum neben dem Fernseher. Unter den mit Lichterketten und bunten Kugeln geschmückten Zweigen lagen mehrere Geschenke, die nur darauf warteten, dass Marie sie aufriss. Sie wusste natürlich schon seit ein paar Jahren, dass nicht das Christkind sie dahin gelegt hatte. Wahrscheinlich war es ihr Vater gewesen, der sie von dem großen Kleiderschrank im Schlafzimmer heruntergeholt hatte, während ihre Mutter aufpasste, dass sie nicht vorzeitig ihr Zimmer verließ. Aber eigentlich war ihr das auch egal. Sie rannte los, schmiss sich auf die Knie und rutschte den letzten Meter über den Laminatboden. Ihre Hände suchten zielstrebig nach dem größten Paket und begannen damit, es aufzureißen. »Ganz langsam, Marie. Die Geschenke werden schon nicht weglaufen«, hörte sie ihren Vater noch rufen. Unter dem mit Rentieren verzierten Geschenkpapier kam ein 500 Teile Puzzle von Harry Potter zum Vorschein. Marie liebte den Zauberlehrling und seine Freunde. Sie stellte sich immer vor, so mutig und schlau wie Hermine zu sein. Mit strahlenden Augen drehte sie sich zu ihren Eltern um. Sie wollte ihnen zeigen, wie sehr sie sich freute, doch sie waren verschwunden.

Erschrocken sprang Marie auf, pfefferte das Puzzle zur Seite und rannte zur Wohnzimmertür. Als sie sie einen Spalt weit geöffnet hatte, konnte sie im Flur schon Stimmen hören. Ihr Vater stand an der Wohnungstür. Neben ihm ein Rettungssanitäter. Der Mann mit dem Johanniter-Schriftzug auf der Jacke sagte: »Wir bringen sie jetzt erst einmal in die Klinik.«

»Ich verstehe das nicht. In einem Moment war alles noch normal und plötzlich war sie eine ganz andere Frau. Sie hat mich nicht mal mehr erkannt. Was ist mit ihr?«, fragte ihr Vater mit zitternder Stimme den Rettungssanitäter.

»Das kann ich nicht mit Sicherheit sagen. Es müssen noch weitere Untersuchungen gemacht werden.«

Dann stand Marie plötzlich nicht mehr an der Wohnzimmertür und lauschte. Sie war in einem Krankenzimmer, hielt die Hand ihres Vaters und schaute auf das Bett, in dem ihre Mutter lag. Auf der anderen Seite stand ein Arzt mit brauner Hornbrille und gesteiftem Kittel. Er erklärte ihrem Vater irgendetwas, aber Marie konzentrierte sich nur auf ihre Mutter. Es schien, als würde sie schlafen. Aber etwas stimmte nicht. Marie konnte Fixierungen an den Händen und Füßen ihrer Mutter erkennen. »Sie schlug um sich«, drang ein Satzfetzen des Arztes an ihr Ohr. Und: »Wir müssen sie wohl zur weiteren Behandlung in eine psychiatrische Anstalt verlegen.« Marie wollte sich von ihrem Vater losreißen und die Hand ihrer Mutter nehmen. Doch ihr Vater zog sie an den Schultern zurück. Sie zappelte und versuchte, sich zu befreien. Sie wollte einfach nur zu ihrer Mutter. Tränen liefen ihr über die Wangen. Dann verschwammen die Bilder immer mehr.

Nur noch schleierhaft konnte sie sich an den Traum erinnern, als Martin sie an ihre Schulter tippte. »Wir sind da, du Schlafmütze.« Sie rappelte sich auf, streckte ihren Rücken durch und sah aus dem Fenster. Auf dem Parkplatz des Christbaumhändlers standen noch dutzende andere Autos. *Dass so viele Menschen noch einen Tag vor Weihnachten ihren Christbaum holen, ist schon ungewöhnlich*, ging es Marie durch den Kopf. *Aber gut, wir sind ja auch nicht besser.* »Ich hoffe, die Leute schnappen uns nicht unseren Weihnachtsbaum weg«, rief Marie ihrem Freund zu, der gerade ausgestiegen war und sich ebenfalls streckte. Er drehte sich um und duckte sich ins Auto.

»Wir haben doch noch gar keinen Baum ausgesucht. Außerdem ist das hier eine Christbaumschule. Hier wird es unzählige

Weihnachtsbäume geben. Da finden wir bestimmt was Schönes. Und jetzt auf mit dir. Komm in die Gänge.« Grinsend warf Martin die Tür ins Schloss. Langsam und sanft natürlich. Der Passat Variant war zwar nur ein Firmenwagen, aber er liebte das Auto trotzdem. So einen schönen neuen Wagen würde er sich nicht so einfach leisten können. Aber dank seines Jobs im Außendienst durfte er alle zwei Jahre ein neues Auto vorübergehend sein Eigen nennen.

Marie sah in dem Auto das, was es letztlich war: Ein Mittel, um von A nach B zu kommen. Deshalb waren ihr auch die Türen des Passats herzlich egal. Mit einem ordentlichen Schwung knallte sie die Tür zu.

»Marie!«

»Entschuldigung. Ich bin noch nicht ganz da.« Sie zog ihre mit Daunen gefütterte Winterjacke zusammen und schob den Reißverschluss nach oben. Sie zitterte ein wenig, denn der Temperaturunterschied zwischen dem 22 Grad warmen Wagen und der gefühlt minus 5 Grad kalten Luft auf dem Parkplatz ging ihr gleich bis ins Mark. Besonders an ihren Beinen zerrte der kalte Wind ordentlich. *Ich hätte mir doch die dickere Hose anziehen sollen*, dachte sie sich, als sie zu Martin aufschloss, der schon fast am Eingang der Christbaumschule angekommen war.

Das weitläufige Areal lag etwas Abseits einer kleinen Ortschaft. Nur eine notdürftig geräumte Straße führte zu der Baumschule. Um sie herum gab es nichts weiter als dichten Wald. Nur der etwa fußballfeldgroße Parkplatz schnitt ein Loch in das grün-weiße Dickicht. Über dem Eingang zur Baumschule prangte ein großes Schild. ›Weihnachtsbäume zum Selberschlagen‹, war dort zu lesen. Darunter, an einem zusammengesteckten Bauzaun, der das Areal vom restlichen Wald abgrenzte, hing ein Schild mit Preisen. Je nach Größe des Baums musste man einen bestimmten Betrag bezahlen. Für ein paar Euro zusätzlich konnte man sich in dem kleinen Bürocontainer am Eingang auch eine passende Säge und einen Schubkarren leihen. Damit war es leichter, seinen Wunschbaum zum Auto zu transportieren. Martin hatte sich von seinem besten Freund noch ein paar Spanngurte und Werkstatthandschuhe ausgeliehen. Auf das Dach geschnallt sollte der Wunschbaum dann seinen Weg in die gemeinsame Wohnung finden.

Am Eingang herrschte reger Trubel. Ein anderes Pärchen schleppte gerade eine kleine Nordmanntanne an Marie vorbei. Wobei die Frau fast in den dichten Nadeln des Baums verschwand. *Die waren wohl zu geizig für den Schubkarren.* Marie musste über das Bild, das ihr da geboten wurde, lachen. Dann sah sie sich nach ihrem Freund um. Vor dem Bürocontainer bildete sich eine kleine Schlange, an dessen Ende Martin stand. Direkt an den Bürocontainer schmiegte sich ein weiterer, kleinerer Metallkasten an. In die Mitte der weißen Wand aus lackiertem Eisen, war ein Fenster geschnitten worden. Darüber prangte ein blaues Blechschild, auf dem in gelben Buchstaben ›Kasse‹ stand. Hinter dem Fenster, das auf Hüfthöhe einen Schlitz hatte, konnte Marie einen dicklichen, älteren Mann sehen, der gerade in einer Kassenschatulle herumfingerte. Ein elitär wirkender Mann in edlem Wintermantel und Designer-Brillengestell hatte dem Kassierer gerade einen Hunderteuroschein in die Hand gedrückt. Dieser suchte jetzt das nötige Wechselgeld zusammen. Auf dem breiten, verschneiten Weg, der zwischen den Baumreihen entlangführte, tummelten sich zahlreiche Menschen. Kinder tollten herum und bewarfen sich mit Schneebällen. Ein, zwei Schubkarren beladen mit frisch geschlagenen Tannenbäumen holperten in Richtung Kassenhäuschen. Marie freute sich schon darauf, durch die Reihen zu laufen und den einen Baum zu finden, den sie sich schon in ihrem Kopf ausgemalt hatte. Er sollte nicht perfekt gewachsen sein und durfte ruhig ein paar Macken haben. Sie interessierte sich immer mehr für unvollkommene Dinge als für Perfektion. »Nichts ist perfekt. Und in allen Dingen wohnt eine gewisse Schönheit. Man muss nur nach ihr suchen«, hatte ihre Mutter früher immer gesagt. Sie besuchte sie nur noch selten in der Einrichtung. Seit längerem drang sie schon nicht mehr zu ihr durch. Vielleicht tat sie das nie. Sie so teilnahmslos zu sehen, schmerzte Marie sehr. Sie hatte lange gebraucht, um mit der Krankheit ihrer Mutter klarzukommen. Inzwischen konnte sie einigermaßen damit leben, aber besonders an Weihnachten vermisste sie sie sehr. Sie war froh, dass Martin für sie da war. Er schaffte es bisher immer, sie irgendwie aufzuheitern.

Apropos Martin, wo steckt der eigentlich? Sie drehte sich um und sah ihn schon die Treppen des Bürocontainers hinunterkommen. In der Hand hatte er eine geliehene Säge. Ein paar Meter weiter stand ein Mann mit grell orangener Warnweste, der anscheinend die Schubkarren verwaltete. Martin drückte ihm einen Zettel in die Hand und der schlaksige Mann mit der selbstgestrickten, grünen Pudelmütze hievte von einem Haufen aufeinander gestapelter Karren den obersten herunter. Martin warf die Säge in die Mulde und wackelte zu Marie herüber. »Fünf Euro hab ich für die Säge und das Ding hier bezahlt. Das ist mal ein fairer Preis würde ich sagen. So bleibt mehr für den Baum übrig«, rief er Marie zu und grinste.

»Sehr schön. Dann ist der Glühwein auf dem Weihnachtsmarkt, wenn wir uns nachher mit Anna und Patrick treffen, auch schon bezahlt«, erwiderte Marie und hakte sich bei Martin ein. Gemeinsam trotteten sie den verschneiten Waldweg zwischen den Baumreihen entlang. Martin hatte auf dem unebenen

Boden große Mühe, dass der leere Schubkarren nicht zur Seite kippte. Die ersten zehn Reihen bestanden nur aus Mini-Tannenbäumen, die eher für kleine Wohnungen geeignet waren. Erst danach wurden sie von Reihe zu Reihe größer.

Nachdem sie noch ein Stück gegangen waren, kamen sie an eine Weggabelung. Ein Schild wies darauf hin, dass es rechts zu den Tannen und links zu den Fichten ging. Martin setzte den Schubkarren einen Moment ab und streckte seinen Rücken durch. »Wo solls denn hingehen, Schatz?«

»Ich will eine klassische Nordmanntanne. Die haben meistens ein schöneres Grün. Aber du weißt ja, wir suchen den außergewöhnlichsten Baum, nicht den schönsten.«

»Jap, ich weiß Bescheid. Dann auf nach rechts.« Martin bückte sich wieder, nahm die zwei Griffe in die Hand und bugsierte den schwankenden und wackelnden Karren über die platt getretenen Pfade im Schnee nach rechts. In dem Bereich, in dem sie jetzt waren, liefen wesentlich weniger Menschen herum. Nur ab und zu konnte man ein anderes Pärchen oder einen Familienvater in einer Reihe mit Bäumen erkennen. Es war auch nicht mehr so leicht voranzukommen. Der Schnee war nicht so stark eingedrückt und Martin tat sich sichtlich schwer.

»Weißt du was, wir sollten den Karren erst mal hier stehen lassen und uns einfach mal umsehen. Wenn wir einen passenden Baum gefunden haben, können wir ihn immer noch holen«, schlug Marie vor. Martin war schnell von der Idee überzeugt und schob den Schubkarren etwas an die Seite. Er war über 1,90 Meter groß und das gebückte Laufen zog ganz schön in seinem Rücken. Sie suchten sich also eine Reihe aus und kämpften sich den noch weniger ausgetretenen und leicht ansteigenden Pfad nach oben. Eine dunkelgrüne Nordmanntanne reihte sich an die nächste. Alle waren sie zwischen 1,50 und 2,50 Meter hoch. Und alle waren sie Marie zu perfekt. Sie suchte nach einem Baum, der vielleicht ein kleines Loch an der Seite hatte oder dessen Spitze kahl oder abgebrochen war. Irgendetwas Einzigartiges. Als sie am Ende des Pfads angekommen waren, verlief dort ebenfalls ein Weg quer. Doch hier schien schon lange kein Mensch mehr durchgekommen zu sein. Der Schnee vergrub den Waldboden unter einer fast makellosen, weißen Decke. Nur am Abstand zu den Baumreihen oberhalb davon konnte man überhaupt erkennen, dass hier ein Weg war. Nur noch entfernt drang das Geschrei spielender Kinder und die Stimmen anderer Kunden an ihr Ohr.

Martin ging einen Schritt auf Marie zu, nahm sie in den Arm und küsste sie. Marie presste sich an ihn. Sie war einen guten Kopf kleiner als er und lehnte ihren Kopf direkt an seine Brust. Eine Zeit lang standen die beiden eng umschlungen da und genossen die Ruhe. Dann machte Martin einen Schritt zurück und begann sich umzuschauen. »Ich glaube, wir kommen schneller voran, wenn jeder für sich eine Bahn abgeht und wir uns dann auf dem Weg unten treffen oder rufen, wenn wir einen schönen Baum gefunden haben. Was meinst du?«

»Ich dachte, wir suchen unseren Weihnachtsbaum zusammen aus«, entgegnete Marie ein wenig geknickt.

»Das machen wir auch. Wenn einer von uns den vermeintlich richtigen gefunden hat, holt er den anderen und wir schauen ihn uns gemeinsam an. Aber wenn wir uns aufteilen, kommen wir schneller voran. Wir wollen ja nicht ewig hier abhängen. Ich will auf den Weihnachtsmarkt und die verdammt leckere Feuerzangenbowle in mich reinkippen«, sagte Martin und lachte. »Komm, du gehst diese Reihe entlang.« Er zeigte auf die übernächste Reihe. »Und ich nehme die dahinter. So können wir gleich zwei Reihen auf einmal abchecken.

Und dann besprechen wir, was wir gefunden haben. Was hältst du davon?«

»Ja, ok. So machen wir's. Aber erst will ich noch einen Kuss!« Martin drückte Marie noch einen dicken Schmatzer auf die Lippen und stapfte los. Marie folgte ihm in seinen Fußstapfen, um leichter voranzukommen. Ein paar Schritte später stand sie vor ihrer Reihe und Martin, der sich beeilt hatte, zwei Reihen weiter zu kommen, sah zu ihr rüber.

»Na, dann hoffen wir mal, dass wir schnell den besonderen Baum finden, den du suchst«, rief Martin ihr zu und grinste.

»Den WIR suchen«, antwortete Marie schlagfertig und grinste zurück. Dann stapften sie beide los.

Am Anfang waren die Reihen noch nicht so dicht und Marie konnte Martins Jacke und seine blau-orangene Mütze noch gut erkennen. Aber schon ein paar Bäume weiter war der Blick durch die dicken Äste mit den buschigen Nadeln komplett versperrt. Etwas mühselig kämpfte sich Marie von einem Baum zum nächsten weiter durch den Schnee. *Der ist mir zu groß. Der ist zu perfekt. Der Stamm ist ja viel zu dick für den Christbaumständer.* Marie ging jeden Baum im Kopf durch und scannte die Reihen rechts und links von sich. Nach ein paar weiteren Metern rief sie nach oben in den Himmel gerichtet: »Und, hast du schon was gefunden?«

Einen kurzen Moment später kam zurück: »Vielleicht. Ich habe schon den einen oder anderen vielversprechenden Kandidaten im Kopf.«

Marie stapfte zufrieden weiter, doch der Baum ihrer Vorstellung war nicht dabei. Als sie am unteren Weg angekommen war, trat sie ein paar Mal fest auf dem etwas platt getretenen Weg auf, um den losen Schnee von ihren Stiefeln zu schütteln. Dann drehte sie sich in die Richtung, aus der Martin gleich aus den Tannen hervorkommen musste. Aber erst einmal geschah nichts. Marie trottete also die zwei Reihen weiter und kurz bevor sie ankam, begann sie schon zu rufen: »Wer ist jetzt die Schlafmütze? Was brauchst du denn so la ...« Dann stand sie vor der Reihe und das ›lang‹ blieb ihr im Hals stecken. Weit und breit kein Martin zu sehen. *Bin ich jetzt blöd. Das waren doch zwei Reihen,* schoss es ihr durch den Kopf. »Martin. Martin, wo steckst du?« Aber es kam keine Antwort. »Verarsch mich nicht. Komm lass uns jetzt einen Baum nehmen und die Düse machen. Mir wird langsam kalt.« Wieder keine Antwort. In Marie baute sich eine Mischung aus Angst und der Erwartung auf, dass Martin gleich hinter einer Tanne hervorspringen würde. Er liebte es, sie zu erschrecken. Denn Marie reagierte meistens wie die Frauen in den Cartoons der 50er Jahre, die eine Maus gesehen hatten – sie sprang auf und kreischte.

Sie ging noch mal eine Reihe weiter, aber auch hier war niemand zu sehen. »Martin!« Nichts. Sie sah den Weg entlang, ob sie ihn dort irgendwo entdecken konnte. Aber das Einzige, was sie sah, war ein anderes Pärchen, etwa 100 Meter entfernt, das gerade versuchte, eine geschlagene Tanne auf einer Schubkarre zu balancieren. »Das ist langsam nicht mehr witzig. Du willst mich nur wieder erschrecken, aber damit kriegst du mich nicht.« Sie wollte ihn provozieren, damit er hinter irgendeinem Baum hervorsprang und es endlich hinter sich brachte. Aber wieder keine Reaktion. Nur die Stille des Waldes um sie herum. Inzwischen war die Sonne so weit herabgestiegen, dass sie nur noch schwach über die Baumwipfel im Westen auf das Gelände schien. Marie stand mittlerweile komplett im Schatten und es wurde zunehmend kälter. Die Tatsache, dass sie Martin nicht finden konnte, verstärkte die Wirkung noch einmal und Gänsehaut machte sich auf ihrem Körper breit.

Marie stapfte wieder zurück zum Schubkarren und überlegte, was sie jetzt machen konnte. *Vielleicht habe ich Martin auch falsch verstanden und er meinte, wir treffen uns wieder oben auf dem Weg. Das wird's gewesen sein. Ich muss schnell wieder hoch, nicht dass er oben auch wie verrückt nach mir sucht.* Marie spurtete los – so gut es der Schnee zuließ. Nach etwa der Hälfte der Reihe musste sie jedoch erst einmal Pause machen. Ihr Herz pumpte ganz schön. Eine geborene Sportlerin war sie noch nie gewesen. Am Anfang ihrer Beziehung war sie noch ab und zu joggen gegangen, aber das hatte sich schnell wieder erledigt. Seitdem war ein ausgedehnter Spaziergang oder mal eine Fahrradtour das höchste der Gefühle.

Sie stemmte ihre Hände in die Hüfte und atmete tief ein und aus. Zwischen ein paar tiefen Zügen rief sie noch einmal nach Martin. Keine Antwort. Also kämpfte sie sich weiter durch den Schnee und war kurze Zeit später auf dem oberen Weg angekommen. Hier war aber keine Menschenseele zu sehen. Keine anderen Paare, die sich einen Baum aussuchten. Keine Familien, deren Kinder durch die Reihen flitzten. Und vor allem kein Martin. Sie drehte sich mehrmals in die eine und andere Richtung und rief seinen Namen. Aber ihre Stimme verhallte ungehört in dem Meer aus Bäumen. Panik machte sich in ihr breit. Für einen schlechten Scherz von Martin ging die Sache bereits viel zu weit. Dann drangen aus einiger Entfernung ein paar Wortfetzen an ihr Ohr. Sie glaubte die Worte ›Freundin‹, ›Marie‹ und ›suche‹ verstanden zu haben. *Das war Martin. Er sucht mich auch. Aber wo kam das her?* Marie zog ihre Mütze ein wenig nach oben und strich sich ihre hellbraunen, schulterlangen Haare hinters Ohr.

Marie war verwirrt. Sie war sich sicher, die Stimmen kamen von noch weiter oben. Also noch mal eine Reihe weiter. Aber hier standen gewaltige Tannen aneinandergereiht. Das waren eher Bäume für draußen oder für öffentliche Plätze. Die dunkelgrünen Spitzen reckten sich hier bis zu vier Meter in die Höhe. Aber sie war sich sicher, dass sie Martins Stimme dort oben gehört hatte. *Vielleicht hat er mich auch gesucht und ist einfach noch einmal eine Reihe weiter gelaufen. Er macht sich bestimmt auch Sorgen,* dachte sich Marie und stapfte weiter den Hügel hinauf.

Hier ist seit längerer Zeit kein Mensch mehr langgelaufen, ging es Marie durch den Kopf, als sie sich durch den kniehohen Schnee kämpfte. Immer wieder drang etwas davon in ihre Stiefel und löste sich in einen kalten Bach auf, der sich bis zu ihren Fußsohlen schlängelte. Und auch ihre dünne Stoffhose saugte sich immer mehr voll. Aber weil das Bergauflaufen so anstrengend und die Sorge, Martin verloren zu haben, zu groß war, merkte sie kaum etwas davon. Immer wieder rief sie seinen Namen – bekam aber keine Antwort. Dass sich Menschen unterhielten, konnte sie aber immer noch hören und auch, dass sie näherkamen.

Wie ein Marathonläufer, der sich nach 42 Kilometern mit letzter Kraft über die Ziellinie warf, stolperte sie aus einer Baumreihe. Sie stand wieder auf einem Querweg, doch diesmal waren auf der anderen Seite des Pfads keine ordentlich gestaffelten Tannen mehr zu sehen. Hier ging das Gelände in den Wald über. Ein paar in den Boden getriebene Metallstangen und lose dazwischen gehängtes Flatterband markierten das Ende des Weihnachtsbaumverkaufs. Marie sah sich nach beiden Seiten um und konnte tatsächlich etwas den Weg hinunter ein Pärchen ausmachen. Sie hatte sich in seinem Arm eingehängt und beide stolperten mehr schlecht als recht durch den hohen Schnee. Immer wieder konnte sie die Frau lachen hören, während sie ihnen hinterher stapfte. Marie rief ihnen zu: »Entschuldigen Sie. Können Sie bitte kurz warten?«

Beide blieben stehen und sahen sich etwas überrascht um. Sie hatten wohl nicht damit gerechnet, hier noch einen anderen Menschen anzutreffen. Marie wankte auf sie zu. Als sie nur noch ein bis zwei Meter von ihnen entfernt war, brach es aus ihr heraus. »Haben Sie hier gerade mit einem jungen Mann gesprochen? Er trägt eine blau-orangene Mütze und ist über 1,90 Meter groß. Ich suche meinen Freund und dachte, ich hätte ihn hier gehört.«

Die Frau – etwa 40 Jahre alt, mit einem osteuropäischen Einschlag und eingehüllt in einen dicken, schwarzen Moncler-Mantel – sah sie ganz entgeistert an. Ihr Freund oder Mann, der gut zehn Jahre älter als sie war, nach hinten gegelte Haare mit grauen Schläfen hatte und ebenfalls einen kostspieligen Mantel trug, fing sich früher. »Wo kommen Sie denn auf einmal her? Ich dachte, wir wären hier allein. Nein, wir haben hier keinen Mann gesehen. Kann es nicht sein, dass Sie sich ein wenig verlaufen haben?«

Die ganze Freude darüber, Martins Stimme gehört zu haben, und die Antriebskraft waren schlagartig verschwunden. »Haben Sie sich nicht gerade mit einem Mann unterhalten? Ich wollte mich eigentlich mit meinem Freund zwei Reihen weiter unten treffen, doch er tauchte nicht auf. Ich hab dann nach ihm gesucht und konnte ihn nicht finden«, während sie erklärte, brachen die Gefühle aus ihr heraus. Wie ein kleines Kind, das beim Shoppen seine Mutter verloren hatte, fing sie an zu weinen.

Die fremde Frau löste sich von ihrem Begleiter und kam auf Marie zu. Sie nahm sie in den Arm und drückte sie fest an sich. »Das wird schon wieder«, krächzte sie mit einer verrauchten Stimme und russischem Akzent. »Sie müssen nicht gleich zu weinen anfangen. Die Sache wird sich sicher klären.« Dabei klopfte sie Marie immer wieder leicht auf den Rücken.

Langsam beruhigte sich Marie wieder. Die Umarmung tat ihr gut. Dann merkte sie, wie die Frau näher an ihr Ohr kam. Sie konnte Reste kalten Rauchs an ihrer Mütze riechen. Marie wollte sich eigentlich lösen und einen Schritt zurück machen, doch die fremde Frau hielt sie wie in einem Schraubstock fest. Dann flüsterte die Fremde mit ihrer rauchigen Stimme in Maries Ohr: »Du wirst Martin hier nicht mehr finden. Er ist schon lange weg und hat dich zurückgelassen. Auch du wirst bald verschwunden sein und keiner wird um dich weinen, Marie.«

Die Frau brach in ein kehliges Lachen aus und entließ Marie aus ihrer Umklammerung. Überrascht auf einmal losgelassen zu werden, kippte sie nach hinten um und landete mit dem Hintern im Schnee. Das vormals recht hübsche Gesicht der fremden Frau hatte sich zu einer Fratze verzogen. Unzählige Falten, eingefallene Wangen und trübe Augen verstärkten das Bild. Sie sah aus wie eine Hexe im Märchen. Leicht nach vorne gebeugt, kicherte sie weiter vor sich hin. Und auch ihr Begleiter hatte sein elegantes Auftreten verloren. Dunkle Ringe umrahmten seine Augen, die in dem Dämmerlicht fast schwarz aussahen. Auch sein Mund verzog sich zu einer grinsenden Fratze. Marie war sich sicher, in seinem Mund mindestens doppelt so viele Zähne gesehen zu haben, wie es für einen Menschen normal wäre. Sie schob sich panisch auf allen Vieren ein paar Meter zurück, drehte sich um und schoss nach oben. Sie rannte los. Zwei Reihen weiter bog sie nach rechts ab und stolperte den Hügel hinunter. Das krächzende Lachen der Hexe begleitete sie noch ein ganzes Stück. Dann wurde es schlagartig ruhig, so, als hätte man ihr Lärmschutzkopfhörer aufgesetzt. Marie sank auf ihre Knie. Das einzige Geräusch, das jetzt an ihre Ohren drang, war ihr eigener schwerer Atem.

Sie sah sich noch einmal um, doch sie konnte am Ende der Baumreihe niemanden erkennen. *Was zum Teufel war das. Hab ich mir das gerade eingebildet oder was ist da oben passiert?* Marie raffte sich wieder auf, klopfte sich ein wenig Schnee von den Beinen und stapfte weiter den Hügel hinunter. *Ich schau jetzt noch mal bei dem Schubkarren. Wenn Martin wieder nicht da ist, dann gehe ich zum Eingang und frag dort nach. Bestimmt helfen mir die Angestellten beim Suchen,* erarbeitete Marie einen Plan in ihrem Kopf. Während sie langsam, aber stetig durch die Baumreihen schritt, merkte sie erst, wie kalt es geworden war. Ihre Hose hatte sich mit Schnee vollgesogen und auch in den Stiefeln stand das Wasser. Wenn sie im Büro angekommen war, würde sie sich erst einmal aufwärmen, beschloss sie. Und mit viel Glück wartete Martin bereits dort auf sie, weil er auf die gleiche Idee gekommen war. Immer wieder warf sie einen prüfenden Blick über die Schulter, um sicherzugehen, dass das seltsame Pärchen ihr nicht folgte.

Sie überquerte den ersten Querweg und als sie am zweiten ankam, sah sie sich nach rechts und links um, konnte aber den Schubkarren nirgendwo entdecken. *Martin muss ihn geholt haben und schon zum Büro damit gegangen sein.* Marie fühlte sich wie beflügelt von dem Gedanken und rannte los. Der Schnee reichte ihr nur noch bis zu den Knöcheln und so kam sie schnell voran. Die Bäume schossen nur so an ihr vorbei. Tränen liefen ihr über die Wangen, teils weil sie der kalte Wind beim Laufen an ihren Augen kitzelte, teils weil sie sich sicher war, gleich ihren Freund wieder in die Arme nehmen zu können.

Nach einer Weile ging ihr allerdings die Puste aus. Das viele Stapfen durch den tiefen Schnee war ganz schön anstrengend gewesen. Marie atmete tief ein, doch die eisige Luft wurde immer unangenehmer. Sie schnürte ihr die Kehle zu und schmerzte bei jedem Atemzug mehr und mehr. Als sie wieder etwas zur Ruhe gekommen war, sah sie sich um. Ihrem Gefühl nach hätte sie schon lange zur Abzweigung zu den Büros kommen müssen. Sie hatte immer nach dem Schild Ausschau gehalten, das den Weihnachtsbaumverkauf in Fichten und Tannenbäume aufteilte. Orientierung war zwar nicht ihre Stärke, aber viel verkehrt machen konnte man hier schließlich auch nicht.

Erst jetzt, als sie sich umsah, merkte sie, dass etwas nicht stimmte. Als sie den Weg vom Büro aus mit dem Schubkarren entlang geschlendert waren, lagen zu beiden Seiten Reihen mit kleinen Christbäumchen. Doch jetzt standen zu ihrer Linken zwei bis drei Meter hohe Tannenbäume fein säuberlich aufgereiht. *Bin ich schon einen Querweg zu früh abgebogen? Vielleicht hab ich deshalb den Schubkarren nicht gesehen. Aber ich bin doch durch zwei Reihen durchgelaufen oder nicht?* In Marie kamen Zweifel auf. *Selbst wenn ich eine zu früh abgebogen bin, was ich nicht glaube, denn hier auf dem Weg liegt der Schnee so niedrig wie am Anfang, dann müsste ich doch trotzdem langsam bei den Fichten angekommen sein. Ich bin doch jetzt ein gutes Stück gelaufen. Und warum ist hier eigentlich niemand mehr?* Erst jetzt wurde Marie bewusst, dass sie die ganze Zeit keinen anderen Menschen mehr gesehen hatte. Vorhin herrschte doch vor allem in der unteren Reihe reger Trubel.

Wohin jetzt? Entweder, ich gehe weiter den Weg hier entlang, und hoffe, ich bin richtig und der Wegweiser taucht bald auf. Oder ich gehe noch weiter den Hügel hinunter. Ich glaube, das ist die bessere Idee. Wenn ich immer weiter nach unten gehe, müsste ich doch früher oder später an dem Bauzaun ankommen, den ich am Park-

platz gesehen hab. Von dort komme ich dann ganz leicht zum Eingang. Gedacht, getan. Marie bog nach links ab und lief durch die nächste Baumreihe. Kurze Zeit später stand sie wieder an einem Querweg, aber es schien sich nichts verändert zu haben. *Spinne ich jetzt? Hätte jetzt nicht eigentlich der Bauzaun kommen sollen? Oder zumindest hätten die Bäume jetzt langsam kleiner werden müssen.* Vor ihr türmten sich immer noch Reihen gewaltiger Nordmanntannen auf. Alle um die drei Meter hoch. Marie stapfte weiter geradeaus – durch die nächste Reihe. Wieder das gleiche Bild. Panik stieg in ihr auf. »Hallo, ist hier jemand? Ich glaube, ich habe mich verlaufen. Hallo!«, schrie sie sich die Seele aus dem Leib, doch ihre Rufe wurden ungehört von den Bäumen um sie herum verschluckt.

Maries Herz schlug so schnell wie das eines Leistungssportlers am Limit. Ihre Pupillen waren fast bis zum Anschlag geweitet, sodass das Blau ihrer Augen einem tiefen Schwarz gewichen war. Adrenalin jagte durch ihren Körper. Wieder lief sie eine Reihe entlang. Aber auch beim nächsten Querweg zeigte sich das gleiche Bild. Nein, etwas war anders. So ganz konnte es Marie noch nicht erkennen, aber sie wusste, etwas hatte sich verändert. Dann traf sie die Erkenntnis wie ein Vorschlaghammer. Die Baumreihen vor ihr sahen zwar so aus, wie die, durch die sie gerade gekommen war, doch diesmal ging der Weg zwischen ihnen wieder bergauf. *Das ist doch absolut unmöglich. Ich bin die ganze Zeit bergab gelaufen. Es hätte schon lange dieser dämliche Bauzaun kommen müssen. Wie kann es denn jetzt wieder bergauf gehen? Ich bin doch nicht im Kreis gelaufen. Was mache ich denn jetzt nur?* Während sich Marie in dem Meer aus Tannenbäumen verzweifelt umsah, war die Sonne nun komplett hinter dem Horizont verschwunden. Nur noch indirekt wurde der Himmel über ihr von den Sonnenstrahlen erleuchtet. Bald würde auch das letzte Tageslicht verschwunden sein. Die Temperaturen fielen hier in der Gegend nachts schnell weit in den Minusbereich. Sollte sie nicht bald einen Weg hier herausfinden, könnte die Kälte schnell ihren Tribut fordern.

Nach kurzer Verschnaufpause, in der sie versuchte, ihre Gedanken zu ordnen, beschloss Marie, weiter durch die Reihen zu laufen. Irgendwann musste das Gelände ja enden. Und dort würde sie dann dem Flatterband oder was auch immer folgen, bis sie irgendwann zu einem Ausgang kommen würde. Also stapfte sie los. Bei jedem Schritt merkte sie, wie ihr Atem immer größere Wölkchen vor ihrem Gesicht bildete. Innerhalb weniger Minuten war es spürbar kälter geworden. Maries Beine fühlten sich schon ganz taub an. Und auch ihre Füße waren trotz der dicken Stiefel durch die kalte Nässe klamm geworden. Jeder Schritt durch den tiefen Schnee fiel ihr schwerer und schwerer. Sie sank immer wieder bis zu den Knien in den weißen Untergrund ein. Die Steigung nahm stetig zu. Marie kämpfte sich aber stoisch weiter. Angetrieben von dem Willen, hier endlich rauszukommen und Martin wiederzusehen. Dann, beim nächsten Schritt, sank sie weit über ihre Knie bis fast zur Hüfte ein. Sie verlor das Gleichgewicht und klatschte mit ihrem Oberkörper nach vorne auf den Schnee. Mühsam versuchte sie, das andere Bein nachzuziehen, um wenigstens ein bisschen Halt wiederzuerlangen. *Das wird doch nie was. Was zum Teufel ist hier nur los? Ist das ein Albtraum oder sowas? Ich sitze bestimmt noch im Wagen bei Martin und schlafe gemütlich vor mich hin, während wir zu diesem beschissenen Christbaumverkauf fahren.* Sie lachte kurz hysterisch und verzweifelt auf, dann wurde es wieder totenstill um sie herum. Das letzte Sonnenlicht war nun vollständig verschwunden. Nur noch der Schnee gab gerade so viel Licht ab, dass sie die Bäume um sich herum erkennen konnte. *Gut, hier komme ich nicht mehr weiter. Am besten ist es, wenn ich umdrehe und einen der Querwege entlanglaufe. Die sind besser geräumt und irgendwann muss ich ja auch mal an einem Ende ankommen.*

Als Marie versuchte, sich um 180 Grad zu drehen, merkte sie, dass ihre Beine feststeckten. Sie zog so fest sie konnte, doch der Schnee rutschte immer wieder nach und drückte sich noch fester um sie herum. Mit ihrem Oberkörper legte sie sich flach auf die Schneedecke und versuchte sich, wie ein Mensch, der in dünnes Eis eingebrochen war, langsam herauszuziehen. Es half nichts. Sie bekam ihre Beine nicht frei. Eher das Gegenteil war der Fall. Sie hatte das Gefühl, dass sie noch weiter hineingezogen wurde. Ihr kam es so vor, als wäre sie in einem schlechten Film. Einem Film, in dem der Hauptcharakter in ein Loch mit Treibsand gefallen war und verzweifelt versuchte, nicht weiter einzusinken. Sie hatte mal gehört, dass es so etwas wie diese Treibsandlöcher gar nicht gab. Und von Schneelöchern hatte sie erst recht noch nichts gehört. Aber das ganze Philosophieren half nichts. Sie kam aus dieser Umklammerung nicht mehr heraus. Panik machte sich wieder breit. Durch das Adrenalin spürte sie die Kälte zwar nicht mehr so stark, aber der Schnee hatte ihre Hose und Stiefel inzwischen komplett durchnässt. Lange würde sie es so nicht mehr aushalten, ohne sich ernsthafte Erfrierungen zuzuziehen. Dann kam ihr endlich der rettende Einfall. Sie versuchte, mit aller Kraft ihren Körper nach rechts zu schieben. Sie wollte sich an einem der Zweige der Tannenbäume festkrallen und sich damit rausziehen. Die Bäume schienen aber weiter weg gerückt zu sein. Vor wenigen Minuten musste sie sich doch fast durch die Reihen schlängeln. Mit aller Kraft streckte Marie ihren Arm aus. Die Fingerspitzen strichen immer wieder über einzelne Äste, konnten sie aber nicht greifen.

Es half nichts. Sie versuchte es auf der linken Seite. Endlich bekam sie einen Ast zu fassen und hielt ihn mit aller Kraft fest. Aber genau in diesem Moment gab der Schnee unter ihren Füßen wieder etwas nach und sie rutschte noch weiter nach unten. Ihr glitt der rutschige Tannennadelzweig durch die Handschuhe und wippte wieder in seine Ausgangsposition zurück. Marie steckte jetzt bis zur Hälfte ihres Oberköpers in der eisigen Falle fest. Sie wusste nicht mehr, was sie tun sollte. Tränen mischten sich mit dem kondensierten Wasser ihres Atems auf der Haut. *Das kann doch nicht wahr sein. Ich sterbe in einer beschissenen Christbaumschule, weil ich in einem Schneeloch erfriere, das sich wie Treibsand verhält. So einen Scheiß kann sich doch keiner ausd* ... Plötzlich gab der Boden erneut nach. Sie rutschte noch tiefer in den Schnee hinein, sodass ihr Oberkörper komplett verschwunden war und nur noch ihr Kopf aus dem weißen Untergrund schaute. Ihre Arme konnte sie freibekommen und wedelte unkoordiniert mit ihnen in der Luft herum – wie ein Ertrinkender auf hoher See. Zu schwach, um noch weiter zu paddeln und nur noch vom puren Überlebenswillen an der Oberfläche gehalten.

Wieder ein Ruck. Marie sank bis über den Kopf in den Schnee ein. Sie versuchte ihre Augen zu öffnen, konnte aber nichts erkennen. Wie kleine Nadelstiche grub sich die Kälte in Maries Haut. Durch die Panik und ihren schnellen Herzschlag ging ihr immer schneller die Luft aus. Als sie reflexartig ihren Mund öffnen wollte, rieselte das eiskalte weiße Pulver hinein. Ein stechender Schmerz schoss ihr direkt ins Gehirn, als der Schnee ihre Zähne umschloss. Es fühlte sich so an, wie wenn man im Sommer zu schnell am Eis schleckte – nur hundertmal schlimmer. Kaltes Wasser lief ihren Hals hinunter und da sie gleichzeitig versuchte, zu atmen, kam auch etwas davon in ihre

Luftröhre. Sofort begann sie zu husten, was die Atemnot noch mehr verstärkte. Das Einzige von ihrem Körper, was noch nicht komplett von Schnee bedeckt wurde, waren ihre Arme, die panisch in der Luft umher wirbelten. Dann auf einmal streiften ihre Finger etwas Hartes. Wie ferngesteuert suchte ihr Arm danach. Da war es wieder. Es war dünn und rund, aber fühlte sich kräftig an – ähnlich wie ein Eisenrohr. Egal, was es war, Marie packte kräftig zu. Und auch die zweite Hand fand etwas, an der sie sich festhalten konnte. Dann merkte sie, schon fast weggetreten und nach Atem ringend, dass etwas an ihr zog. Mit letzter Kraft packte sie zu. Der Zug an ihrem Körper wurde stärker. Endlich gab der Schnee nach. Ihr Kopf war plötzlich wieder frei. Sie spuckte den Schnee aus, hustete kräftig und bekam endlich wieder Luft. Als ihr wichtigstes Problem gelöst war – der Sauerstoffmangel – hatte sie Zeit, sich anzuschauen, an was sie da überhaupt hing.

Marie blickte in zwei riesige, schwarze Augen. Wasserdampf blies ihr ins Gesicht. Vor Schreck hätte sie beinahe losgelassen und wäre zurück in ihr eisiges Grab geglitten. Sie blickte doch tatsächlich in das Antlitz eines gewaltigen Hirschbocks. Ihre Hände umklammerten Teile seines Geweihs. Das stattliche Tier stand vor ihr auf dem Schnee, als wäre es Betonboden. Der Bock schob seinen Körper immer weiter nach hinten. Dabei atmete er schnell und tief durch seinen Windfang. Marie spürte, wie der Schnee nachgab und sie immer weiter herausgezogen wurde. Am Ende lag sie erschöpft und frierend – aber noch am Leben – neben dem Loch auf dem Rücken und atmete tief ein und aus. Der Hirsch stand einfach ungerührt neben ihr und schaute auf sie herab.

Als sie sich langsam etwas erholt hatte und die Schmerzen in der Lunge abklangen, drehte sie sich auf den Bauch und stand vorsichtig auf. Zum einen wollte sie ihren Lebensretter nicht erschrecken, zum anderen wollte sie auch nicht wieder im Schnee einsinken. Als sie dann aber stand – fest an einen dicken Tannenzweig geklammert – stellte sie fest, dass der Boden kaum nachgab. Die Schneedecke schien nur noch wenige Zentimeter hoch zu sein. Sie legte immer mehr Gewicht auf ihren rechten Fuß, aber nichts passierte. Das stattliche Tier stand weiter völlig ungerührt vor ihr und beobachtete sie. Als sie dann genug Vertrauen zum Untergrund gefasst hatte und sicher war, nicht mehr einzusinken, drehte sich der Hirschbock langsam um. Besser gesagt, er versuchte es. Denn mit einer Schulterhöhe von gut 1,50 Meter und einem Geweih, das jedem Trophäensammler das Wasser im Mund zusammenlaufen lassen würde, war es nicht leicht, auf dem schmalen Weg zu wenden. Mehrmals blieb ein Ausläufer des Geweihs in einem Ast hängen. Dann schüttelte der Hirsch ein wenig seinen Kopf, bis er wieder frei kam. Als er es dann geschafft hatte, warf er noch einen kurzen, fast schon prüfenden Blick auf Marie. Sie interpretierte den Blick als Aufforderung, ihm zu folgen. *Ein verdammter Hirschbock hat mich gerade aus einem Treibschneeloch oder was auch immer gezogen. Also wenn ich nicht träume, dann muss das hier eine Halluzination oder das Jenseits sein. Ich weiß nicht mehr, was ich denken soll. Ich weiß nur, dass mir verdammt kalt ist. Alle meine Klamotten sind durchnässt. Meine Lunge brennt und ich bin total am Ende. Entweder ich folge diesem Hirsch jetzt, wo auch immer er hingeht, oder ich kann mich gleich hier hinlegen und sterben. Was habe ich denn schon für eine Wahl?*

Der Bock trottete den Gang zwischen den Baumreihen entlang und vergewisserte sich in regelmäßigen Abständen, dass Marie ihm auch folgte. Als sie den Querweg erreichten, sah er sich einmal in beide Richtungen um und bog dann nach links ab. Inzwischen war es komplett dunkel geworden und Marie hatte Mühe, den Hirsch nicht aus den Augen zu verlieren. Plötzlich kam ihr die Idee! *Die Handytaschenlampe. Echt jetzt! Warum bin ich da nicht vorher draufgekommen.* Sie blieb stehen und durchsuchte alle ihre Taschen, klopfte sich von oben bis unten ab. Ohne Erfolg. *Wo hab ich nur mein Handy? Hab ich es in dem Schneeloch verloren? Ist es mir aus der Tasche gefallen, als mich dieses seltsame Pärchen erschreckt hat?* Dann traf sie die Erinnerung wie ein Pfeil mitten ins Schwarze. *Verdammte Scheiße. Ich hab das Handy zum Aufladen an das USB-Kabel in Martins Auto gehängt und es in den Trinkbecherhalter gelegt. Beim Rausgehen hab ich natürlich nicht mehr dran gedacht. Das passiert mir immer. Ich dumme Nuss!* Schon öfter hatte Marie panisch die Wohnung nach ihrem Smartphone durchforstet, nur um dann erleichtert und frustriert festzustellen, dass es noch im Auto lag.

Mit demselben Frust – nur millionenfach verstärkt – versuchte Marie ihrem tierischen Begleiter in der Dunkelheit weiter zu folgen. Als sie einige Meter gegangen waren, tauchte zwischen den Geweihspitzen ein schwaches Glimmen auf. Marie konnte nicht erkennen, was es war. Aber es sah so aus, als würde weiter vorne auf dem Weg etwas leuchten. Als sie weiter vorankamen – der Schnee war jetzt nur noch wenige Zentimeter tief und sie sank kaum noch ein – wurde das Bild immer deutlicher. Da stand mitten auf dem Weg eine kleine Stele. Sie war rot-weiß-gestreift und sah aus wie eine Zuckerstange, die in den Boden gerammt worden war. Doch statt dem gebogenen Ende, war an ihrer Spitze ein roter Druckknopf angebracht. So ein Knopf wie man ihn von Schalttafeln von elektronischen Anlagen kennt. Außerdem waren in unregelmäßigen Abständen Glühbirnen in die Säule geschraubt worden. Es waren alte Birnen, wie es sie heutzutage nicht mehr zu kaufen gab.

Sie verbreiteten ein schwaches, aber warmes Licht, das Marie wie eine Motte anzog. Auch der Hirsch schien direkt auf das Licht zuzusteuern. Als sie an der Stele ankamen, blieb er, ohne sich zu regen, neben ihr stehen und blickte in die Dunkelheit. Marie sah sich den Pfosten, der ihr ungefähr bis zur Hüfte ging, genauer an, aber mehr als den Knopf, die Stele und die Lampen gab es nicht zu sehen. Weder konnte sie erkennen, woher der Strom für die Glühbirnen kam, noch wofür dieser Knopf gut war. *Echt jetzt? Ein Pfosten mit einem roten Knopf mitten auf dem Weg? Wie kann ich denn da jetzt nicht draufdrücken? Entweder bricht gleich die Hölle los und es passiert Gott weiß was oder ... ach, keine Ahnung, was passiert.* »Na, mein seltsamer Lebensretter? Willst du, dass ich den Knopf drücke?«, fragte sie mehr rhetorisch als ernst gemeint ihren Begleiter. Der bog nur träge seinen Hals in ihre Richtung und nickte einmal leicht mit dem Kopf. Dann richtete er seinen Blick wieder geradeaus. *Gut, der Hirsch hat entschieden*, dachte sie bei sich und musste bei diesem Gedanken schmunzeln.

Sie drückte also auf den roten Knopf und wie bei einer La-Ola-Welle im Stadion sprangen Baum für Baum vor ihr die gleichen Glühbirnen an, wie an der Stele. Wie Christbaumlichter waren sie über die Äste gehängt. Nach und nach erhellten sie den Weg vor ihr. Dann sah sie einige Meter vor sich, dass der Weg zu Ende war. Er bog rechts und links ab. Den Weg weiter geradeaus versperrten gewaltige Tannen. Sie konnte zwar wegen den Bäumen um sie herum nicht viel erkennen, war sich aber sicher, dass die Lichter nur rechts den Weg entlang verliefen. Über den Wipfeln nahm sie ein schwaches Leuchten wahr, das links fehlte. Sie drehte sich einmal kurz um und blickte in ein schwarzes Loch. An den Bäumen hinter ihr brannte keine einzige Glühbirne. *Na, wenn das mal keine Aufforderung ist, dem*

Weg zu folgen. Marie und ihr tierischer Begleiter marschierten also wieder los.

Als sie vor einer Wand aus Tannenbäumen ankamen, bog der Hirsch bereits nach rechts in den beleuchteten Weg ab. Marie blieb jedoch noch einen kurzen Moment stehen. Sie starrte in die Dunkelheit, die sich links von ihr auftat. Und für einen kurzen Moment glaubte sie, Augen aufleuchten zu sehen. Sie drehte sich rasch um und folgte wieder ihrem Begleiter. Jetzt, da ihr Körper wieder ein wenig heruntergefahren war, spürte sie die eisige Kälte erneut. Die feuchten Kleider und die gefühlten minus 20 Grad taten ihr Übriges. Sie hoffte nur, dass sie dieser Weg hier rausbringen würde. Ansonsten würde sie es nicht mehr lange schaffen. Der Weg schien aber kein Ende zu nehmen. Immer wieder kam eine neue Weggabelung. Sie fühlte sich wie in einem gewaltigen Labyrinth gefangen. Und immer wieder glaubte sie, jemand oder etwas würde sie verfolgen. Regelmäßig drehte sie sich um, doch außer den Lichtern an den Tannenbäumen und leichten Nebelschwaden, die sich durch die feuchte Luft kurz oberhalb des Bodens bildeten, war da nichts.

Als sie wieder einmal an das Ende eines Weges kamen und gerade nach links abbiegen wollten, blieb der Hirsch wie angewurzelt stehen. Er machte seinen Hals lang und streckte seinen Kopf in die Höhe. Man konnte sehen, dass sich seine Atemfrequenz erhöht hatte, da in immer kürzeren Abständen kleine Dampfwölkchen aus seinem Windfang schossen. Außerdem hatte er seine Ohren aufgestellt. Wie kleine Periskope suchten sie die Umgebung ab. Dann fiel Marie auf, warum ihr Begleiter so reagierte. Mehrere Meter voraus, hörte die Beleuchtung einfach auf. Der Weg ging wieder in die Dunkelheit über. Sie presste ihre Augen zusammen, um vielleicht etwas erkennen zu können, als der Hirsch neben ihr zusammenzuckte. Auch sie zuckte zusammen und machte unwillkürlich einen kleinen Satz nach hinten. »Verdammt, hast du mich jetzt erschreckt. Was ist denn los? Warum geht's nicht weiter?« *Ja klar, weil du mir auch antworten wirst. Schlau, Marie.* Ihr Begleiter hatte jetzt seine volle Aufmerksamkeit auf die Dunkelheit vor sich gerichtet. Er bewegte sich keinen Millimeter und starrte ungerührt nach vorne. Marie bekam ein wenig Angst. Wenn da etwas war, das ihren Lebensretter so vereinnahmte, dann konnte es nichts Gutes sein. Wieder versuchte sie, in der Dunkelheit etwas zu erkennen und dann blitzten sie auf. Weiß leuchtende Augen, die sie knapp einen Meter über dem Boden schwebend anstarrten. Marie machte unbewusst noch einen Schritt nach hinten, hielt aber ihre Augen stets auf das andere Paar gerichtet.

Dann tauchte aus der Dunkelheit eine schwarz glänzende Nase auf. Aus ihr schossen in kurzen Abständen weiße Wölkchen gen Himmel. Danach folgte ein breites Maul gespickt mit gefletschten Zähnen. Zusammengepresst und aneinander schabend drang hinter ihnen ein tiefes Knurren hervor. Im Licht, knapp 50 Meter vor Marie, war ein gewaltiger Wolfskopf zu sehen, der aus jeder Pore Angriffslust zu versprühen schien. Als er dann auch mit den Vorderbeinen ins Licht trat und sein schwarz-graues Fell durch das kondensierte Wasser zu glitzern begann, konnte man die Ausmaße des Tiers erst richtig erkennen. Selbst in Tierreportagen hatte Marie noch kein so gewaltiges Exemplar gesehen. Unbeeindruckt von ihrem Begleiter starrte sie der Wolf an. *Echt jetzt. Auch noch ein beschissener Wolf. Was zum Teufel soll ich jetzt machen. Wenn ich weglaufe, holt der mich doch in Nullkommanix ein. Vielleicht habe ich Glück und er geht erst auf den Hirsch los. Aber wo kann ich mich hier in diesem Labyrinth verstecken. Im Licht brauch ich's gar nicht erst versuchen und im Dunkeln ...* Marie wurde abrupt aus ihren Gedanken gerissen. Der Hirsch, der wie zum Angriff bereits mit den Vorderhufen gescharrt hatte, machte auf der Stelle eine 180-Grad-Drehung und verschwand in dem dunklen Weg hinter ihr. Nun waren sie nur noch zu zweit. Und wie, als wollte er seinen Triumph auskosten, ließ der Wolf noch einmal ein besonders lautes Knurren hören. Marie war einen Moment davor, aus Angst wie zur Salzsäule zu erstarren. Dann gab sie Gas und rannte so schnell sie nur konnte den beleuchteten Weg, den sie gekommen waren, zurück. Sie überlegte nicht. Sie lief einfach. Die durchweichte Daunenjacke und die klobigen Stiefel erwiesen sich beim Laufen aber mehr als hinderlich. Dampf schoss aus ihrem Mund, wie aus einer Dampflokomotive in voller Fahrt. Adrenalin trieb ihren Körper an, sodass sie vielleicht sogar einem olympischen Sprinter Konkurrenz gemacht hätte. Ihre Ohren achteten auf jedes Geräusch hinter ihr. Als sie an der nächsten Weggabelung ankam und nach links abbog, sah sie ihren Verfolger aus dem Augenwinkel. Der Wolf war ihr dicht auf den Fersen.

Sie legte noch mal einen Zahn zu. Die Bäume schossen an ihren Augen vorbei und die einzelnen Glühbirnen mischten sich zu einem Meer aus Licht. Dann traf sie etwas am Rücken. Sie strauchelte. Kippte nach vorne und landete auf dem Bauch. Das Gesicht im Schnee begraben. Sie richtete sich schnell wieder auf und sah, dass der Wolf nun vor ihr stand. Knapp zwei Meter entfernt fletschte er wieder mit den Zähnen. Marie kniete vor ihm. Wasser und Schnee liefen ihr Gesicht und ihren Hals herunter. Sie spürte die Kälte nicht mehr. Der Wolf raste auf sie zu. Sein Maul nun weit geöffnet. Er machte einen Satz auf Marie zu und warf sie um. Sie lag auf ihrem Rücken – über ihr der Wolfsschädel mit den unzähligen Zähnen, die versuchten, ein

Stück von ihrem Gesicht und ihrem Hals zu erwischen. Marie konnte die Angriffe gerade noch mit ihren Armen abwehren. Der Schmerz, als der Wolf mit voller Kraft in ihren linken Arm biss und sich die Zähne durch die Daunenjacke in ihr Fleisch bohrten, schoss ihr durch den ganzen Körper. Fast gleichzeitig kratzten und wetzten die Vorderpfoten an Maries Oberkörper. Federn flogen in alle Richtungen, als hätte der Wolf eine Gans gerissen. Irgendwann waren keine Daunen mehr zwischen ihm und Marie und seine Krallen bohrten sich in ihr Fleisch. Sie versuchte, mit den Füßen ihren Angreifer wegzudrücken. Es gelang ihr nicht. Der Wolf ließ sich nicht abschütteln. Wieder ein Biss. Diesmal in den anderen Arm. Sie spürte, wie der gewaltige Druck seines Kiefers bis zu ihren Knochen durchdrang. Ihr Unterarm brach wie ein Zweig im Wind. Die Schmerzen vernebelten ihren Blick. Alles um sie herum lief wie in Zeitlupe ab. Sie wehrte sich mit allem, was sie hatte, doch das Tier ließ sich nicht abschütteln. Ein Pfotenhieb nach dem anderen sauste auf sie herein. Sie konnte ihre Arme kaum noch zum Schutz nach oben halten. Ihr Gesicht und ihr Hals lagen frei. Der Wolf setzte zu seinem finalen Biss an. Dann gab es einen gewaltigen Ruck und das Gewicht des Tieres, das zuvor auf ihre Brust gedrückt hatte, war verschwunden. Aus tränenüberfluteten Augen sah sie, wie der Wolf an die Bäume zu ihrer linken gepresst wurde. Dicke, braune Hornspitzen gruben sich in sein Fleisch. Aus dem Knurren wurde ein gequältes Winseln. Der Hirsch drückte mit gesenktem Kopf ihren Angreifer mit ganzer Kraft an die Baumfront. Marie konnte sehen, dass Blut aus einigen Wunden über das Fell lief. Dann machte der Bock einen Schritt zurück. Bereit noch einmal loszustürmen, fixierte er den Wolf. Der nutzte jedoch die Chance. Er rannte, so schnell es ihm noch möglich war, davon. Der Hirsch hatte wohl auch den

Oberschenkel des hinteren linken Beins erwischt, denn er zog es beim Laufen nur noch träge hinterher. Aus dem Augenwinkel konnte Marie noch sehen, wie er in einem nichtbeleuchteten Arm des Labyrinths verschwand.

Der Hirsch sah dem fliehenden Wolf noch einige Zeit hinterher, dann richtete er seinen Blick auf Marie. Sie konnte sich kaum bewegen. Ihr ganzer Oberkörper schmerzte. Tränen liefen ihr an den Seiten der Augen herunter und verschwanden im Dickicht ihrer Haare. Der weiße Schnee um sie herum war gesprenkelt mit Blut. Ihre Kleidung zerfetzt und zerrissen. Sie wusste, trotz ihrer Schmerzen, dass sie hier nicht liegen bleiben konnte. Wenn sie sich nicht aufraffte und weiterging, würde sie hier einfach erfrieren. Noch spürte sie die Kälte nicht. Die Aufregung des Kampfes ließ das noch nicht zu. Aber bald würde sie sich zurückkämpfen und durch die zerrissenen Klamotten hatte sie leichtes Spiel. Immer wieder stupste der Bock sie sanft mit der Nase an, um sie zum Aufstehen zu motivieren. Marie versuchte, sich auf ihre rechte Seite zu rollen, merkte aber schnell, dass das keine gute Idee war. Einige Fleischwunden am Oberarm und der gebrochene Unterarm machten es ihr unmöglich, sich weiter abzurollen. Also versuchte sie die andere Seite. Es gelang ihr, sich auf den Bauch zu drehen und mit dem ebenfalls verletzten linken Arm abzustützen, bis sie auf den Knien saß. Ihr Begleiter verfolgte ihre Aufstehversuche aufmerksam. Er war weder aufgeregt noch übermäßig achtsam, was wahrscheinlich ein gutes Zeichen war, dachte sich Marie. Der Wolf sollte genug bekommen haben. Aber was jetzt? Sie war immer noch in diesem Baumlabyrinth gefangen. Und mit ihren Wunden und der zerfetzten Kleidung würde sie nicht weit kommen. Marie hatte aber beschlossen, noch nicht aufzugeben. Sie kam etwas wackelig wieder auf ihre Beine, den Blick starr nach vorne gerichtet und wie ferngesteuert, setzte sie einen Fuß vor den anderen. Ihr Begleiter nahm ihre Geschwindigkeit auf. Er drückte sich an ihre Seite, um sie zu stützen. Marie legte dankbar ihren linken Arm auf die muskulöse Schulterpartie des Hirschs. Sie konnte spüren, wie seine Muskeln unter dem dicken Fell arbeiteten.

Als sie wieder an dem Punkt ankamen, an dem der Wolf im Schatten gelauert hatte, war da keine Dunkelheit mehr. Der Weg war hell beleuchtet. Er ging einige Meter – vielleicht so lang wie ein Fußballfeld – geradeaus. Dann konnte Marie etwas an seinem Ende erkennen, von dem sie geglaubt hatte, es nie wieder sehen zu dürfen. Dort spannte sich ein gewaltiges Schild über den Weg. Es war ebenfalls mit einer Lichterkette geschmückt. Und in großen Lettern stand dort geschrieben. ›Vielen Dank für ihren Einkauf bei uns. Frohe Weihnachten‹. Unwillkürlich musste Marie lachen. Hatte sie es endlich zum Ausgang geschafft? Doch zu welchem Preis. Egal. Sie würde jetzt hier raus spazieren, irgendwo einen anderen Menschen auftreiben, der sie ins Krankenhaus fahren konnte und dann diesen ganzen verrückten Scheiß hier vergessen. Neu motiviert stapfte sie los. Blut rann über ihre mit zahlreichen Schlitzen übersäte Jacke. Die Daunen, die daraus hervorquollen, waren größtenteils schon rot eingefärbt. Und auch auf dem Schnee hinterließ sie eine rote Spur. Sie marschierte aber stoisch weiter auf den Ausgang zu, versuchte nur noch an Martin und zu Hause zu denken. Ihre Schmerzen blendete sie so gut es ging aus.

Als sie nur noch ein paar Schritte von dem Schild entfernt waren, blieb der Hirsch plötzlich stehen. Vorsichtig und ohne sie mit seinem Geweih zu berühren, stupste er sie mit der Schnauze an. Marie war schnell klar, was er von ihr wollte. Den Weg musste sie jetzt allein weitergehen. Sie streichelte noch einmal über das dichte Fell ihres Begleiters und zweimaligen

Lebensretters. Dann torkelte sie weiter. Ihr Körper mobilisierte noch einmal seine letzten Reserven. Und obwohl sie nur Dunkelheit hinter dem Schild sah, spürte sie, dass sie auf dem richtigen Weg war. Als sie die Grenze passiert hatte, wurde es mit einem Mal wieder hell um sie herum. Sie konnte die Sonnenstrahlen der aufgehenden Sonne über den Baumwipfeln sehen. Vor ihr breitete sich der gewaltige Parkplatz aus. Größtenteils war er leer, doch in einem Eck sammelten sich gleich mehrere Polizeiautos und auch den Wagen von Martin konnte sie sehen. Daneben stand ein Krankenwagen, vor dem zwei Personen standen, die sich unterhielten. Eine junge Rettungssanitäterin und eine Polizistin waren in ihr Gespräch vertieft. Sonst konnte Marie niemanden sehen. Bevor sie auf die zwei Frauen zuging, drehte sie sich noch einmal um. Hinter ihr lag das Gelände des Christbaumverkaufs. Sie konnte den verschlossenen Bürowagen sehen. Und auch den Weg durch die jungen Bäume konnte sie gut erkennen. Der Hirsch war verschwunden. Die Beleuchtung war verschwunden. Alles verschwand langsam aus ihrem Kopf wie ein schrecklicher Albtraum, aus dem man endlich erwacht. Nur die Schmerzen und die Erschöpfung blieben. Wie ein Mahnmal als Erinnerung an die vergangene Nacht. Sie drehte sich wieder um und schleppte sich auf die zwei Frauen zu. Doch ihre Beine fühlten sich wie Wachs an. Mit großer Mühe versuchte sie, nicht umzuknicken. Sie schaffte einige Schritte und wollte dann um Hilfe rufen, doch ihre Stimme versagte. Es kam nur ein Krächzen aus ihrer Kehle. Dann gab ihr rechtes Bein nach. Sie fiel auf die Seite und versuchte sich unwillkürlich mit dem Arm abzustützen. Doch durch den Bruch gab er sofort nach. Ein unglaublicher Schmerz schoss ihr durch den Körper und aus ihrem Mund kam ein gedämpfter Schrei. Sie lag ausgestreckt auf dem Boden und ihr wurde schwarz vor Augen. Millionen Kilometer weg konnte sie aufgeregt zwei Frauen rufen hören.

»Schau mal, ist sie das?«

»Sie sieht verletzt aus. Ich hole meinen Koffer.«

»Achtung an alle. Möglicherweise ist die vermisste Person auf dem Parkplatz aufgetaucht. Der Freund soll mal hierherkommen.«

»Hallo, können Sie mich hören?«

Dann wurde es still um Marie. Sie spürte, wie die Rettungssanitäterin sie auf den Rücken drehte. Über ihr zogen einige Wolken vorbei, die Sonne warf die buntesten Farben an den Himmel. Die Frau versuchte, mit ihr zu reden. Doch Marie verstand nicht, was sie sagte. Sie fühlte sich trotz der Kälte und ihren Schmerzen wie in Watte gepackt. Weit entfernt konnte sie spüren, wie die zwei Frauen hektisch an ihr herumzogen. Dann schloss sie ihre Augen und die Dunkelheit hatte sie wieder.

VERMISSTE FRAU NACH NÄCHTLICHER ODYSSEE SCHWER VERLETZT GEFUNDEN

Reichenbach – Mit solch einem Fall hatte es die Polizei Reichenbach bisher vermutlich noch nicht zu tun. Vergangene Nacht wurde eine 26-jährige Frau von ihrem Freund (28) als vermisst gemeldet, nachdem die beiden den Weihnachtsbaumverkauf in der Forststraße besucht hatten. Der Mann gab bei der Polizei an, seine Freundin nur kurz aus den Augen verloren zu haben. Dann konnte er sie nicht wiederfinden. Eine größere Suchaktion mit Unterstützung der Angestellten der Baumschule und einiger Kunden verlief ergebnislos.

Mehrere Beamte – unterstützt von der Feuerwehr Reichenbach – suchten anschließend am Abend die nähere Umgebung des Christbaumverkaufs ab. Die Zeit drängte, da es bereits zu dämmern begann und die Frau möglicherweise auf Hilfe angewiesen war. Bei der Suche trafen die Ordnungshüter auf ein Pärchen, das auf dem nahegelegen Waldsteig einen Spaziergang machte. Nach Angaben des Polizeisprechers Wilhelm Meyer hatte das Pärchen die Vermisste gesehen. Sie machte einen verwirrten Eindruck. Als sie versuchten, sie zu ihrem Auto zu bringen, riss sich die Frau los und verschwand im Wald.

Gegen 19.30 Uhr musste die Suche dann wegen der Dunkelheit abgebrochen werden. Am frühen Morgen versammelten sich erneut zahlreiche Einsatzkräfte auf dem Parkplatz des Christbaumverkaufs. In kleineren Gruppen und unterstützt von einer Suchhundestaffel sowie eines Polizeihubschraubers machten sich die Helfer auf den Weg. Auch der Freund der 26-Jährigen beteiligte sich an der Suche. Knapp eine Stunde nach Beginn der Aktion dann die Erfolgsnachricht: Die Frau tauchte von selbst wieder auf.

Eine Polizistin und eine Rettungssanitäterin, die am Parkplatz der Baumschule gewartet hatten, fanden die völlig unterkühlte Frau. Sie hatte sich außerdem schwere Verletzungen an den Armen und dem Oberkörper zugezogen. »Wahrscheinlich ist sie in der Dunkelheit einen Abhang hinabgestürzt und hat sich dabei verletzt«, vermutete Meyer.

Die Frau wurde umgehend in ein nahegelegenes Krankenhaus gebracht. Was der 26-Jährigen genau passiert war und warum sie plötzlich von dem Gelände des Christbaumverkaufs verschwunden war, konnte zunächst nicht geklärt werden. Meyer sagte abschließend: »Noch ein bisschen länger da draußen und sie wäre mit Sicherheit an einer Unterkühlung gestorben.«

KONSUM

VON PETER VON DER BECK

Weihnachten ist immer fürchterlich. Seit vielen Jahren bekommt er spätestens zum 1. Advent Blutdruck – aber so richtig. Denn: Er muss in den folgenden Wochen erheblich mehr arbeiten, gleichzeitig ist der familiäre Erwartungsdruck gewaltig. Hausputz, Weihnachtsbaum, Lichterketten, Amazon-Sessions, jede freie Minute ist dem Konsum gewidmet bei gleichzeitigem Besinnlichkeitszwang. Die paar freien Tage nach Weihnachten reichten dann bei weitem nicht, um den Stress zu kompensieren. In diesem Jahr würde es noch schlimmer werden, denn das Weihnachtsgeld war gestrichen worden. Irgendein Kunde hatte einen Auftrag storniert, der Umsatz fehlte. Auf ein Wunder zu hoffen, ist nicht angebracht. Es wird keins geschehen. Da ist er sich ganz sicher.

Er bremst seinen Wagen, biegt von der Bundesstraße ins Wohngebiet ab und tuckert mit 30 Kilometern pro Stunde an den Häuserreihen entlang. Ein wenig zu gleichförmig wirkt die Gegend. Ein 120-Quadratmeter-Häuschen reiht sich an das andere. Hybrid-SUV in Weiß oder Silber parken in den Carports. Erste Lichterketten schmücken die Eingangstüren und Vorgartenbäume. Hier wohnen all jene, die garantiert keinen Stress haben und sonst auch mit ruhigen Beamtenjobs gesegnet sind. Aufregung kennen die meisten hier höchstens von ihren anonymen Diskussionen bei Twitter; oder von Amazon, wenn das iPad nicht flott genug geliefert wird. Natürlich ist er neidisch. Nicht wegen des Geldes, sondern wegen der Möglichkeit, bei so einem Job in Ruhe *Die Zeit* zu lesen oder es überhaupt gemächlich angehen zu lassen. Er fährt in die Nebenstraße, wo die älteren Häuser aus den 60ern stehen – schlecht isoliert, aber mit viel Platz drumherum. Er will den Wagen auf den Hof fahren, muss aber warten, bis sich der Kater bequemt, seinem Auto Platz zu machen. Mit der seiner Spezies eigenen Gelassenheit schleicht der Kater gemächlich in Richtung Rhododendron und verschwindet unter dem Busch. Er steigt aus, schließt die Haustür auf und geht direkt ins Wohnzimmer, wo er wenigstens liebevoll empfangen wird. Sogar der Tisch ist gedeckt und eine Platte mit Schnittchen steht parat. Sie essen allesamt mit Genuss. Dann ist es Zeit – zum Reden.

Die Strategie ist klar: Kosten runter, Umsatz rauf und so den Ausfall kompensieren. Die Stimmung ist gut. Sie würden das gemeinsam als Familie schaffen. Das Projekt Flohmarkt ist geboren. Der Dachboden und auch der Keller sind wohl gefüllt. Er hat Bedenken. Sie würden sich von vielen Dingen trennen müssen – natürlich nur gegen Geld. Er überschlägt im Geiste den möglichen Umsatz. Das Geld würde reichen. Vier oder fünf Flohmärkte nur und sie könnten Weihnachten entspannt entgegensehen.

Gemeinsam steigen sie auf den großen Dachboden. Er schaut sich um – soweit das überhaupt möglich ist. Er sieht den alten Wohnzimmerschrank seiner Eltern, die prall gefüllten Kleiderschränke aus dem Jugendzimmer seiner Frau, sieht die durchgebogene Kleiderstange, daneben die überfüllten Bücherregale mit seiner Science-Fiction-Sammlung und allerlei Zeitgeist-Belletristik. In den anderen Bücherregalen mischt sich Ratgeber-Literatur aus den 80ern mit Software-Anleitungen für Programme, die seit einem Dutzend Jahren nicht mehr in Gebrauch sind. Erste Zweifel kommen bei ihm auf. Wie soll er sich je von seinen Büchern trennen. Niemals, so schwört er sich, wird er die Ringwelt-Trilogie verkaufen, niemals. Auch seine Frau hat sichtlich Schwierigkeiten, sich von gewissen Dingen zu trennen. Das Kleidchen, das ihre Tochter so lange und so gerne im Kindergarten getragen hat, wird selbstverständlich in den immer voller werdenden Karton mit Erinnerungen wandern. Doch immerhin: Eine Menge Dinge hatte er im Vorfeld schon für die länger keimende Flohmarktidee gehortet. So manchen Sperrmüllhaufen hatte er gescannt und dabei den einen oder anderen Schatz aus dem Müll gezogen. Verchromte Radzierblenden vom Buckelkäfer (leider nur zwei), Designkerzenhalter aus den 60er Jahren und sogar eine Uhr aus dem Strafgerichtsaal des Amtsgerichtes vor der Sanierung. Seine Frau entdeckt noch in den Tiefen des Dachbodens eine alte Melitta-Kanne. Viele Klamotten aus den 80er, 90er, den Nullerjahren und den 2010er Jahren werden verpackt – in die zu Flohmarktbeuteln umfunktionierten Edeka-Mehrweg-Einkaufstaschen. Die Tochter der beiden lacht sich schlapp über die Klamotten mit Schulterpolstern, Klappkragen und absurden Farben. Sie bestaunt eine Strumpfhose im Häkeldeckenlook und wundert sich über manchen Style. Doch auch sie ist beherzt und sammelt sämtliche Barbies und barbieähnlichen Puppen zusammen, trennt sich schon mal seelisch von manchem Spielzeug und durchaus auch noch modernen Klamotten. Das Flohmarktlager wächst und gedeiht.

Mit einer schier übermenschlichen Anstrengung entscheidet er sich, all die Messingfigürchen und Messingleuchter zu verkaufen. Die hatte er buchstäblich im Schweiße seines Angesichts in seinem früheren Leben gesammelt. Alte Technikhefte aus den 70er und 80er Jahren fallen ihm in die Hände. Sie zeugen von der Ahnungslosigkeit der Redakteure über künftige Entwicklungen: Für das Jahr 2000 wird gar die bemannte Marslandung prognostiziert. Berge von Zeitschriften aus der vordigitalen Ära entdeckt er. Manche Kartons öffnet er und macht sie schnell wieder zu, weil sie unentwirrbaren Krimskrams enthalten. Erst muss er den Inhalt dieser Kisten analysieren, sonst besteht die Gefahr, dass möglicherweise ein wertvolles Stück zwischen alten Überraschungsei-Figuren, Zeitschriftenausschnitten, Büroklammern, Spielzeugautos und Weihnachtsdeko untergeht.

Manche Gegenstände, davon ist er überzeugt, haben eine Seele. Den leisen Zweifel, dass er sich das vielleicht nur einbildet, kommt ihm selbst beim Betrachten des alten Fahrtenmessers nicht. Das hatte ihm der Ex-Freund seiner Schwester einst zum Geburtstag geschenkt. Die ersten Figuren hatte er sich damit geschnitzt, war mit diesem echten Messer der Held bei seinen Freunden gewesen. Die Erinnerungen sind mit diesem eher unscheinbaren Messer verwoben. Besser als mit jedem alten Videofilm kann er Erinnerungen mit Hilfe alter Gegenstände abrufen.

Stunden verbringen die drei auf dem Dachboden. Noch am Abend macht er alles bereit und stopft den Opel Astra voll. Er baut auch den alten Pavillon auseinander und quetscht ihn noch in die Dachbox. Er wird das gute Stück vielleicht brauchen, denn es könnte regnen. Auch das andere Auto muss mit. Der Flohmarkt steht nun auch fest: Spätherbstfest in der Plettenberger Innenstadt.

Sie fahren früh um sechs los, denn um acht beginnt der Markt in Verbindung mit einem Stadtfest. Die Fahrt nach Plettenberg über Küntrop, Affeln und Birnbaum ist kurvig. Die Flohmarktsachen haben ein ganz schönes Gewicht und drücken den Astra in jeder Biegung fast aus der Kurve. Steigungen sind ein Problem und nur im zweiten Gang zu bewältigen. Endlich taucht Plettenberg auf. Es ist wegen der Dauerbaustellen mühsam, in die Innenstadt zu fahren. Endlich gelangen sie ans Ziel. Und rund um die Fußgängerzone geht es an diesem frühen Sonntagmorgen schon hoch her. Alle Welt will scheinbar hier verkaufen. Kreuz und quer stehen Kombis und alte Lieferwagen mit offenen Klappen und Flügeltüren. Rotgesichtige Männer und Frauen mit desolaten Frisuren rennen mit prallgefüllten Plastiktüten hin und her. Die ersten bauen schon ihre Stände auf. Er erblickt einen guten Eckplatz, der noch frei zu sein scheint. Seine Tochter springt aus dem Wagen und macht sich schon mit einer dicken Flohmarkttüte auf dem Platz breit. Auch ein anderer hat die Stelle im Blick. Er geht drohend auf die Tochter zu. Bevor er sich kümmern kann, winkt ihn der Platzwart fort, im Rückspiegel sieht er seine Frau in ihrem vollgeladenen Wagen. Sie erkennt die Situation, fährt dreist auf den Platz und diskutiert mit dem Mann, der sich angesichts der doppelten Frauenpower rasch zurückzieht. Die Tochter lädt eilig weitere Tüten aus dem Auto seiner Frau, der leere Eckplatz füllt sich zusehends mit Zeug und seine Frau bezahlt satte 45 Euro Standgebühren für drei Meter. Hinter ihm hupt es, er steht im Weg und muss den Wagen irgendwo parken. Das Glück ist ihm hold, denn er findet ein Plätzchen auf einem Anwohnerparkplatz. Egal – für ein paar Stunden wohnt er eben hier.

Jetzt gilt es, den Pavillon und den Tapeziertisch aufzubauen, gleichzeitig die Ware aus den Autos zu holen, auf Diebe aufzupassen und erste Kunden zu bedienen, die bereits in ungeöffneten Tüten herumsuchen. Er ist durchgeschwitzt trotz der einstelligen Temperaturen. Aber: In Rekordzeit hat er den Pavillon aufgestellt, den Tapeziertisch aufgebaut. Frau und Tochter bestücken schon aus den Edeka-Taschen die Kleiderständer, sortieren Pullover, Hosen und T-Shirts auf dem Tisch, hängen farblich sortiert Kleider, Blusen und Hemden an die Stangen des Pavillons. Die Tochter drapiert die Puppen auf dem Tisch und eine erste Kundin taucht auf, besser gesagt, vorgebliche Kundin, denn ihr lila Halstuch war ihm schon aufgefallen. Sie hat einen Stand ein paar Meter weiter und sie spekuliert offenbar darauf billig einkaufen, um teuer zu verkaufen. Ihr Angebot ist mies. Drei Euro für die Barbie geht gar nicht. Natürlich hatte er seine Hausaufgaben gemacht. Mindestens ein Zehner musste für die nackte Puppe rausspringen. Die Frau verzieht den Mund und geht. Doch auch seine Tochter weiß schon was los ist: »Aufkäufer«, sagt sie und winkt ab.

Mittlerweile hat sich die Szenerie beruhigt. Alle haben ihre Stände aufgebaut, erste Kunden lassen sich auf dem Flohmarkt blicken. Er bleibt vorsichtig. Der erste Schnäppchenjäger hat mit sicherem Instinkt die beiden Radkappen entdeckt und bietet schlappe fünf Euro für beide. Jede einzelne ist aber 25 Euro wert. Seine Frau hat gut zu tun. Sie verhandelt mit einem Mann, der offenbar auf Jeans spezialisiert ist. Er hat eine große Ikea-Tasche dabei, die bereits gut gefüllt ist. Weitere Kunden stehen am Stand und er kommt mit einer Frau ins Gespräch, die sich ganz offensichtlich auf Schuhe spezialisiert hat. Sie untersucht die Markenschuhe genau. Er erfährt, dass sie in Dortmund wohnt, Flohmärkte vorzugsweise nach Pumps abklappert. Wenn sie genug beisammen hat, verkauft sie die Schuhe en gros nach Afrika. Da hat sie außerdem Verwandtschaft, die wiederum die Schuhe weiterverkauft. Ihr Geschäft scheint gut zu laufen: Sie trägt dezenten Schmuck, die Markenklamotten passen zu ihren Stiefeln, sie ist sehr gepflegt und kauft drei Gabor-Schuhe und lässt ihre Visitenkarte da. Er verkauft ein Spielzeugauto an den Vater eines kleinen Jungen, der sich wie Bolle freut, seine Frau wird drei Blusen auf einmal los und seine Tochter hat bis auf drei Puppen alles verkauft. Mit Puppen spielen war ohnehin nie ihr Stil.

Es ist dabei erstaunlich, wie schnell sich in dieser eigentlich individualisierten Gesellschaft das Flohmarktpublikum kategorisieren lässt. Geschäftemacher und Abzocker mit ihren harten, berechnenden Blicken sind die Ausnahme. Das Gros bilden gut situierte Männer und Frauen, die wegen der Folklore einen Spaziergang über den Platz machen. Parfümwolken der Besucher wehen unter den Pavillon. Die Herrschaften schauen leicht amüsiert auf die Auslagen, kommentieren, dass sie diesen Pullover jetzt noch für Osteuropa aussortiert hätten. Der Schlaumeier will nur fünf Euro für beide Radkappen geben, hört den Preis, überlegt tatsächlich, geht dann grußlos weiter, seine Frau ignoriert den Stand komplett.

Es sind an dem Sonntag auch Leute unterwegs, die sich nur Klamotten vom Flohmarkt leisten können. Kein Lifestyle, kein Geiz treibt sie hierher. Die ältere Frau schleicht um den Kleiderständer mit den Blusen herum. Natürlich hat sie drei Stück im Visier. Drei Stück, kaum getragen, und als seine Frau zehn Euro verlangt, sieht er den Schrecken in ihren Augen. Aber er kennt seine Frau, sie wird einen Sozialpreis machen. Und da sind auch die Alleinerziehenden mit dem leicht gehetzten Blick und tatsächlich bei drei Euro für die Teeniehose sorgsam überlegen, ob sie kaufen. Sie feilschen selten. Oder da ist die Langzeitarbeitslose mit dem schlecht übertünchten Haaransatz, dem unmodernen Lippenstift und der Bluse, die schon ein wenig zu sehr verwaschen ist.

Dennoch – der Tag ist gut, und dass er den schönen Messingfuchs unter Wert verkauft hat, schmerzt nicht mehr so. Der Tag neigt sich für die Flohmarktbesucher dem Ende zu. Sie gehen nach Hause. Ein paar Nachzügler kommen noch und betrachten lustlos die Auslage. Immerhin: Seine Frau verkauft noch drei *Schöner Wohnen*-Zeitschriften für drei Euro.

Der Tag war erfolgreich. Den Dreien bleiben 152,50 Euro netto. Sie packen ein. Eine Edeka-Tasche nach der anderen wird wieder voll. Er baut mit klammen Fingern den Pavillon, den Tapeziertisch und die Kleiderständer auseinander. Dann holen sie die Autos, während ihre Tochter auf die eingepackten Sachen aufpasst. Sie stopfen alles unkoordiniert in die beiden Opel Astras hinein. Erst jetzt merkt er die Kälte in seinen Knochen und seine Frau humpelt inzwischen ein bisschen. Nur die Tochter der beiden ist fit.

Sie fahren schließlich die Autos langsam aus der Fußgängerzone heraus und fahren hintereinander in Richtung Heimat. Seine Tochter sitzt bei seiner Frau im Auto. Er fährt ruhig zurück in Richtung Affeln, beobachtet ab und an den Wagen seiner Frau im Rückspiegel. Langsam wird ihm auch wieder warm. Die Heizung in seinem Opel läuft auf volle Pulle. Unterwegs halten sie bei ihrem Stammitaliener an und hauen für Tortellini, Spaghetti und Pizza 30 Euro auf den Kopf. Sie haben es ja. Und die nächsten Touren sind schon gebucht: Dortmund-Rennbahn, Schützenplatz Herscheid und Dortmund-Uni – dann kann Weihnachten kommen.

KNECHT RUPRECHT BEIM KLASSENTREFFEN

VON SABINE MÜNSTERMANN

Sie hatten sich als Teenager vorgenommen, wenn sie im Alter von 55 Jahren noch unverheiratet wären oder ›nur‹ untereinander geheiratet hätten, eben jenes Weihnachtsfest mit 55 gemeinsam zu feiern. Katja und Adrian, Isabelle und Fritz, Maja und Friedrich.

Während der Schulzeit – auf einer Schule, die, natürlich, eine Hoheit im Namen trägt, eine andere wäre auch nicht in Frage gekommen – waren sie praktisch unzertrennlich; waren, von außen betrachtet, ein von anderen uneinnehmbares Bollwerk und wussten auch, dass sie das waren, was so viele andere sein wollten: Beliebt, beneidet, begütert. Als ob sie das was scherte. Wenn man von Haus aus aus einer wie auch immer gearteten, wenngleich selbst ernannten Elite stammt und sich seiner Schichtzugehörigkeit einfach sicher ist, stellt man sie a) niemals in Frage und kann b) das Streben anderer nach Zugehörigkeit überhaupt nicht verstehen.

Isabelle zum Beispiel. Aus (natürlich!) *sehr, sehr, sehr, sehr* wohlhabender (altes Geld, versteht sich) Familie stammend.

Blondes, gestuftes Haar, ein typisches *Hamburger-Geldadel-Gesicht* – auch wenn sie aus dem Hessischen stammte. Ein gewisser *Sense of Entitlement*, also ein gewisses Anspruchsdenken, dass ihr eben einfach alles von Geburts wegen auch zusteht, wurde ihr in die Wiege gelegt. Schon mit 16 eine *Rolex Oyster* am Handgelenk und ein *Trinity-Ring von Cartier* – und das waren nur einige der zahlreichen äußeren Zurschaustellungen. Dass sie sich Fritz angeln würde, war jedem klar, der sie kannte, denn ihr erklärtes Ziel war es, vor dem Standesamt zu promovieren, weil ihr klar war, dass sie übers Abi hinaus nicht unbedingt die notwendigen bildungstechnischen Fähigkeiten mitbrächte, um selbst die zwei Buchstaben vor ihrem Nachnamen zu erreichen. Nicht, dass sie nach dem Abitur nicht einen kurzen Moment lang darüber nachgedacht hätte, jemanden an ihrer Stelle studieren und promovieren zu lassen. Seit die Phönizier das Geld erfunden hatten, würde man sich da doch sicher einig werden können. Aber das ist eine andere Geschichte.

Fritz, natürlich ebenfalls ein bisschen *wohlstandsverwahrlost*, aus einer Familie mit diversen Professoren- und Doktortiteln entstammend, dazu Erbe diverser Fabriken – der Hauptname des Familienunternehmens trug den Beisatz *Group* –, aber dazu der bestaussehende Teenager der ganzen Schule und obendrein auch noch ein netter, sogar ambitionierter Kerl, dürfte gar nicht gewusst haben, wie ihm geschah, als er eines Tages plötzlich nur noch in gemeinsamer Namensnennung mit Isabelle auftauchte. Damals kannte man Namensverbindungen wie *Brangelina* (für alle, die es nicht wissen: Das ist der aus *Brad Pitt* und *Angelina Jolie* zusammengestückelte Name aus der Zeit, als sie noch ein Paar waren) noch nicht. Hätte es eine solche Wortschöpfung schon gegeben, wäre vermutlich *Frisabelle* daraus geworden oder *Bellafritz*.

Nicht, dass es Fritz etwas ausmachte, nur noch im Duo mit Isabelle gesehen und genannt zu werden. Nein, er war natürlich hin und weg von Isabelle, die, wie gesagt, eine Klasse für sich war und jeden, der in ihren erlauchten Freundeskreis kam, adelte. Dass ihre Waden ein bisschen zu stramm für den Rest ihres Körpers waren – ein geringer Preis dafür, mit einer solchen *Göttin* zusammen zu sein. Auch wenn man das Thema Waden NIEMALS in ihrer Gegenwart ansprechen durfte. Selbst, wenn es sich um die Waden anderer Leute handelte.

In Isabelles direkter Gefolgschaft: *Maja.* Obgleich aus mindestens genauso erfolgreichem Elternhaus wie Isabelle stammend, derselben doch immer etwas untergeordnet und ihre Kaste als Zweitplatzierte klaglos akzeptierend. Immerhin durfte sie sich ja im Licht der Schulschönheit sonnen, die sie als ihre beste Freundin ausgab – ohne das allerdings jemals wirklich so zu verbalisieren. Emotionen Ausdruck zu verleihen, das wäre auch zu gewöhnlich gewesen.

Mit Fritz' bestem Freund Friedrich bändelte Maja zwar zu ihrem eigenen Leidwesen nie an – er experimentierte lieber mit bewusstseinserweiternden Drogen –, aber als Viererteam mit Isabelle und Fritz waren sie trotzdem ständig zusammen unterwegs und ließen alle anderen wie das aussehen, was diese in ihren Augen auch tatsächlich waren: *Unwichtig.*

Adrian stieß in der Oberstufe dazu. Als *echter* Adliger (*Graf von Sowieso zu Sowieso* mit einem Stammbaum vermutlich bis hin zu Wilhelm dem Eroberer – auf der väterlichen Linie, versteht sich) ein bisschen degeneriert, aber von umwerfendem Charme, als nächster Erbe großer, quer durch die Republik, ach was, durch Europa verteilter Ländereien, natürlich ein echter Fang. Und schlecht sah er auch nicht aus. Vielleicht nicht ganz die Liga von Fritz, aber wie viele Menschen sehen schon aus wie *George Clooney*? Isabelles Plan geriet einen Moment lang ins Wanken. War Fritz wirklich der Richtige? Als Adrian allerdings mit Katja anbändelte, erübrigte sich die Frage. Nie hätte Isabelle sich mit jemandem eingelassen, der vielleicht einmal von Katja abgelegt werden würde. Katja, die eigentlich so gar nicht in diese Gruppe passte. Nicht adlig, nicht ambitioniert, nicht wirklich ausreichend ausstaffiert, gut, die Eltern waren zwar vermögend, aber der Vergleich hinkte. Man würde einen Menschen, der vielleicht zwei abbezahlte Villen und zwei Mietshäuser besaß und vier Millionen auf dem Konto hatte aus *Ottonormalverbraucher-Perspektive* sicher reich nennen – im Vergleich zu einem *Dietmar Hopp* oder einem *Bill Gates* aber, nun ja, doch eher, Sie wissen schon.

Katja war also in dem Gespann die am wenigsten wohlhabende. Aber sie war superschlau. Irgendwie brachte ihr das interessanterweise das Stigma des Mittelmaßes innerhalb der Gruppe ein. Ihr haftete irgendetwas *Bourgeoises* an – immerhin hatten ihre Eltern für ihren Reichtum hart arbeiten müssen und, *Gott bewahre*, taten es noch! Schlimmer wäre nur gewesen, wäre Katja arm oder dick oder hässlich gewesen. Oder alles drei.

Für Außenstehende mag es damals so ausgesehen haben, als gehöre Katja dazu. Immerhin hatte sie ja einen Platz im Olymp. Sie war von Adrian auserkoren worden, verbrachte Wochenenden am Comer See mit ihm und der Clique, wo Motorboot gefahren wurde, Urlaube auf Sardinien, wovon später entsprechende T-Shirts mit Aufdruck Zeugnis gaben, ging mit zum Tauchen nach Sulawesi, zum Skifahren nach Gstaad oder zum Segeln nach Griechenland. Vor allem durfte sie, den mit coolen Modelbildern aus der Vogue vollgeklebten DIN-A4-Ordner mit ihren Leistungskursunterlagen lässig vor der Brust, durch die Schulflure huschen, angebetet von allen, die so gerne an ihrer Stelle gewesen wären – und zwar nicht nur Adrians wegen, sondern vor allem, weil sie Teil dieser Eliteclique war. Sie hing in den Pausen mit den anderen fünf zusammen in einer Ecke des Schulhofs ab, der auf geheime Weise nur für sie reserviert zu sein schien und auf dem nur sie rauchten. Niemand hätte sich getraut, sich einfach dazu zu stellen. Jeder fürchtete die spitze Zunge Isabelles, die für jeden, aber wirklich jeden, irgendeine Bosheit übrig hatte. »Wir waren neulich im Restaurant deiner Eltern«, sagte sie zum Beispiel einer jüngeren Mitschülerin und die fiel vor Freude beinahe in Ohnmacht, weil sie von ihr angesprochen worden war. Bis Isabelle den Satz beendete: »Ihr werbt damit, dass die Gaststätte schon seit Hunderten von Jahren in Familienbesitz ist. Ich hatte den Eindruck, so lange ist dort auch nicht mehr Staub gewischt worden. Hahahahahahaha.«

Katja war mithin immer auf der Hut, denn Isabelle war auch bei ihr gnadenlos. Genau wurde beäugt, welche Schuhe sie trug (»Hast du die etwa im letzten Urlaub auf einem italienischen Ramschmarkt gekauft? Ich habe gesehen, dass du da noch mal hin bist, also ehrlich, wie kann man sich unters gemeine Volk mischen!«), von welcher Marke ihre Sportklamotten waren (»Also ehrlich, *Adidas*? Ich bitte dich, das sind doch Unterschichtenklamotten«), was sie im Café bestellte (»Nur einen *Café au lait*? Kein Frühstück? Na, Taschengeld schon alle?«) oder welche Handtasche sie trug (»Also das ist doch *Louis Vuitton* aus der Vorvorjahreskollektion. Du solltest mal mit deinem Händler schimpfen!«). Katja sprach daher nur nach reiflicher Überlegung.

Aber sie ließ Isabelle alle ihre Hausaufgaben abschreiben und sie im Zweifelsfall auch als ihre eigenen ausgeben und vorlesen, damit die die gute mündliche Note einheimste. Alles nur, um Punkte bei Isabelle zu sammeln, in der Hoffnung, sie möge sie dann ein anderes Mal mit ihrer spitzen Zunge verschonen. Sie setzte sich bei Leistungskursklausuren – Isabelle hatte eine andere Fächerkombination als sie – auf die Toilette und beantwortete Isabelle, die kurz hereinhuschte, die wichtigsten Fragen, weil Katja, ehrlich gesagt, jedes Fach als Leistungskursfach hätte nehmen können, weil ihr das Lernen leicht fiel. Sagte aber nie jemandem etwas davon. *Bloß nicht Isabelle erzürnen.*

Isabelle nahm es als gegeben hin, dass man ihr zu Diensten war und auch, dass Katja über ihren nie besprochenen Deal schwieg. Im Gegenteil, sie reizte ihn aus. »Also Katja, wie kommt es, dass du in Mathe nur drei Punkte hast? Das war doch sowas von einfach. Bist du sicher, dass das Gymnasium die richtige Schulform für dich ist?«, sagte sie und lachte, als ob es ein Witz sei. Was es natürlich nicht war. Denn so sehr sie Katja brauchte, um selbst gut durchs Abi zu kommen, so sehr ärgerte es sie, dass sie von der anderen abhängig war. Und die drei Punkte in Mathe, das wusste Isabelle genau, gegen die hatte Katja nun gar nichts tun können. Isabelle hatte nämlich fallen lassen, dass Fritz, bei aller Leichtigkeit des Seins, ein gewisser Bildungsstandard der ihn Umgebenden eben doch wichtig war – und der sich seiner Meinung nach im jetzigen Stadium des Lebens eben durch eine mindestens zweistellige Punktzahl bewies. »Wir sollten Matheklausuren tauschen, das ist das Mindeste, was du für mich tun kannst«, war mithin alles, was Isabelle kurz vor der Arbeit zu Katja sagte. So geschah es dann auch. Und so bekam Katja nur drei, Isabelle dagegen 14 Punkte – die zweitbeste Mathe-Grundkurs-Klausur gleich nach Fritz, der 15 schrieb, aber vor Friedrich, Maja und Adrian mit 12, 11 und 10 Punkten.

Die anderen stimmten in Isabelles Lächerlichmachen von Katja ein und sie selbst tat so, als wäre sie eben nicht die Superschlaue, sondern das Dummchen vom Land. Isabelle witterte Morgenluft und setzte Katja immer mehr unter Druck. Katja war mehr damit beschäftigt, Isabelle bei deren Klausuren zu helfen als ihre eigenen zu schreiben. Das war Isabelle aber nicht genug. Sie musste sie auch anderweitig ausnehmen wie eine Weihnachtsgans. »Du hast da einen tollen Rock und das passende Oberteil, kann ich mir die Sachen mal übers Wochenende ausleihen?«, fragte sie und Katja war einerseits stolz, dass ein Stück aus ihrer Garderobe Gnade vor Isabelles Augen gefunden hatte, andererseits fürchtete sie um die Kleidungsstücke aus Kaschmir, die ihr die Patentante nach einem gemeinsamen Wochenende in Heidelberg gekauft hatte. Der Rock erinnerte sie nicht nur an ihre liebevolle Patentante, sondern war tatsächlich auch ihr absolutes Lieblingsstück. Noch nirgends hatte sie einen solchen Rock gesehen, und auch Katja war vor Eitelkeit und dem Wunsch nach ein bisschen Exklusivität nicht gefeit. Mit einem schwarzen Stiefel und dem passenden bauchfreien Kaschmiroberteil konnte sogar sie aussehen wie ein Star.

Jedenfalls: Natürlich lieh sie Isabelle den Rock. Und sah ihn nie wieder. Erst war er noch nicht gewaschen. (»Bitte nicht waschen, er ist doch aus Kaschmir, ich gebe ihn in die Reinigung!«) Dann war er eingegangen (»Sorry, doch gewaschen«). Ein Angebot, das Stück zu ersetzen oder ihr zumindest das Oberteil zurückzugeben, gab es nie.

Ob sich Katja Maja hätte anvertrauen können? Wohl kaum. Maja war im Prinzip Isabelles Papagei und vermutlich selbst in ständiger Angst vor Isabelles Bosheit. Fritz? Verlor, nachdem Katja immer schlechter in der Schule wurde, ein bisschen die Achtung vor ihr, hielt sie für ungebildet. Friedrich? War – wenn er nicht gerade Aufputschmittel vor einer Klausur schluckte –

im *Dauerdelirium.* Adrian, *ihr* Adrian, hielt ihr tatsächlich lange die Treue. Fuhr auch mal mit ihr alleine übers Wochenende weg, sagte, sie solle doch nichts auf das Geschwätz von Isabelle geben. Aber der Druck der Gruppe wurde am Ende zu groß. Er machte am Tag vor der ersten schriftlichen Abiturprüfung Schluss mit ihr. »Isabelle hat gesagt, du würdest das verstehen, es passt einfach nicht mit uns.«

Als die E-Mail auf ihrem Laptop aufblinkt, traut Katja ihren Augen kaum. »Weihnachten 2021 – ein 55er-Treffen« steht in der Betreffzeile. Gesendet von Isabelle *(woher hatte die ihre E-Mail-Adresse?)*, Kopie an Fritz *(gleicher Nachname wie Isabelle, das sagt also alles, und dazu – natürlich! – einen Doktortitel)*, Maja, Friedrich und Adrian.

»Hey, wir hatten doch damals gesagt, wir würden uns mit 55 treffen, wenn wir untereinander oder eben gar nicht verheiratet sind, wie sieht's aus? Fritz und ich sind natürlich verheiratet, schade übrigens, dass du, Katja, nicht auf unserer Hochzeit gewesen bist, aber du bist nach dem Abi so plötzlich verschwunden, Smiley, Smiley, aber ihr anderen habt's ja nun nicht geschafft, zu heiraten, es sei denn, Katja, bei dir ist mir was entgangen? Jedenfalls: Die Einladung steht: Kommt Heiligabend zu uns, wir haben in unserem Chalet in St. Moritz –Adresse ist beigefügt – genug Platz. Ich sage nur: Acht Gästezimmer, natürlich alle mit eigenem Bad, Wellnessbereich und Pool, keine Frage, man gönnt sich ja sonst nichts, Smiley, Smiley, Isabelle«

Binnen Sekunden – und das ist wie früher, wenn Isabelle etwas sagte und alle an ihren Lippen hingen und sich sofort in ihr Gedächtnis rufen wollten – antworten Maja, Friedrich und Adrian (»Mega, klasse, bin dabei«). Sogar Fritz mit einem »Schatz, klasse Idee! Denk nur daran, dass ich bereits am

27. Dezember zum Welthandelskongress nach Nairobi fliegen muss.« Katja überlegt kurz und antwortet dann: »Ich bin nicht sicher, ob ich wirklich kommen kann, ich versuche es zwar, aber es könnte schwierig werden.«

24. Dezember, 16 Uhr: Katja stapft durch die Schneelandschaft von St. Moritz. Es schneit und schneit und schneit. Der Palast, wie sie Isabelle und Fritz' Haus innerlich bereits getauft hat, liegt vor ihr. Sie ist mit dem Zug gekommen, das Geld fürs Taxi hat sie sich gespart, Schneewandern am Heiligen Abend ist doch etwas Wunderbares. Sie klingelt und hofft, dass das Personal heute frei bekommen hat. Hat es. Denn Isabelle öffnet selbst die Tür. Ein Moment des Schweigens, dann ein falsches Lachen, »Kaaaaatja, du bist es wirklich, wir haben zwar für dich eingedeckt, aber ich habe nicht geglaubt, dass du tatsächlich kommst, aber wie schöööön, komm rein. Du hast dich, äh, kaum verändert.« Hat Katja in der Tat nicht. Ja, man sieht ihr die 55 Jahre an, aber im Prinzip sieht sie – von ein paar Falten mehr im Gesicht mal abgesehen – aus wie vor 36 Jahren. Nicht, dass das Alter es mit Isabelle schlecht gemeint hätte. Aber nicht doch. Isabelle sieht immer noch aus wie die hessische Version einer *Hamburger Geldadel-Tochter*. Nur eben älter. Aber sehr, sehr gepflegt. Tadellos. Eine immer noch schöne Frau, muss man neidlos anerkennen und auch, dass sie perfekt in die Designerklamotte passt, die sie gerade trägt. *Prada? Escada? Dior? Valentino?* Irgendein noch unentdeckter Designer? Egal, so teuer jedenfalls, dass man sich den Quadratzentimeterpreis des Outfits lieber nicht ausrechnen möchte. Von den *Bling-Bling-Klunkern* an den Fingern und den Handgelenken ganz zu schweigen.

Auch Fritz hat sich gut gehalten, strahlt in seinem Maßanzug mit den vermutlich ebenfalls in London maßgeschneiderten Schuhen Macht, Souveränität und Fitness aus.

Friedrich hingegen sieht verlebt aus – da können auch die 500 Euro teuren *Tod's Schuhe* nichts dran ändern. Maja hat 20 Kilo zugenommen, die sie durch ein zeltartiges Seidenkleid von *Chanel* zu verhüllen versucht. Und Adrian? In roter Samtjacke mit roten Samtloafern. Hat bei Katjas Anblick einen sentimentalen Ausdruck in den Augen und behält den ganzen Abend diese Aura, die man in Literaturkreisen *Adelsmelancholie* nennt, bei.

Egal, heute huldigt man den alten Zeiten. Gleich nachdem Isabelle eine Schlosstour gegeben hat, versteht sich – bis hin zum *Panic Room* und der Sicherheitszentrale, mit den diversen Videokameras, die das Anwesen überwachen und ihre Daten liefern. Schließlich das ganz im *Philippe-Starck-Design* eingerichtete Büro – der Computer ist selbstverständlich noch an und weist auf die Bedeutsamkeit seiner Besitzer hin. Man spricht über die inzwischen eingeheimsten Erfolge: Vorstandsvorsitzender eines Großkonzerns (Fritz), Präsidentin einer namhaften, weltweit agierenden Stiftung – ehrenamtlich, versteht sich – (Isabelle), Kieferorthopädin mit eigener Praxis inklusive zweier in ihrem Namen geführter Zahnarztpraxen (Maja), Vorstandsvorsitzender eines namhaften Finanzinstituts (Friedrich, der nach wie vor nicht ohne Aufputschmittel auskommt), Erbe eines unglaublichen Immobilien- und Grundbesitz-Vermögens, mit dessen Verwaltung Hundertschaften in seinem Namen beschäftigt sind (Adrian).

Alle Augen ruhen auf Katja. »Ich bin Kellnerin geworden«, sagt sie. Isabelle macht sich gar nicht die Mühe, ihre Schadenfreude darüber, was aus der einstmals doch so cleveren Mitschülerin, der sie, auch wenn sie das nie zugeben würde, doch ihr gutes Leben verdankt, doch so Schäbiges geworden ist. Sie heuchelt ein: »Du Arme, was ist passiert?« Katja geht gar nicht darauf ein. »Kein Mitleid, denn: Als Kellnerin sitzt man ja an der

Quelle« – und fördert aus ihrem Rucksack drei Flaschen *Perrier-Jouët Rosé-Champagner* hervor. Das Stück zu 200 Euro, im Restaurant wird die Flasche für das Doppelte verkauft. Ihre ehemaligen Klassenkameraden sind die größten Snobs auf Gottes Erdboden, dem können sie nicht widerstehen. Die Korken knallen, und noch bevor der erste Gang auf den Tisch kommt (Isabelle: »Unsere Köchin hat Wunderbares gezaubert, lasst euch überraschen, wir müssen alles nur noch in den Ofen schieben, denn natürlich mussten wir dem Personal heute frei geben – es ist unglaublich, dass diese Leute an Heiligabend nicht arbeiten wollen!«), sind die Flaschen leer.

Dass Katja nichts trinkt, fällt bei dem Besäufnis mit Edelschampus kaum auf. Bleibt doch mehr für sie von dem guten Zeug und Katjas Gaumen dürfte nach all den Jahren der Entbehrungen nach der Schule ohnehin so ungeschult sein, dass sie diesen teuren Champagner gar nicht von Asti Spumante zu unterscheiden, geschweige denn, zu schätzen weiß.

Warum nur auf einmal diese Müdigkeit? Einmal kurz aufs italienische Markensofa (35.000 Schweizer Franken und eine Lieferzeit von sechs Monaten!), den samtweichen *Stickley-Ledersessel* in der Bibliothek (8.000 kanadische Dollar), den indischen Diwan (ein Erbstück, unbezahlbar, hat irgendein Vorfahre vor 300 Jahren im Rahmen einer Kolonialisierungsaktion mitgebracht) gesetzt und nur mal kurz die Augen zugemacht.

So merkt auch niemand, dass Katja irgendwann in die Küche geht, alle Champagnergläser spült und wieder in den Designer-Geschirrschrank stellt. Und ein Gedeck vom Tisch entfernt. Und die drei leeren Champagnerflaschen wieder in ihren Rucksack steckt. Und die Videobänder der Überwachungskamera einsteckt. Und diverse Mails vom PC löscht. Natürlich auch den Mail-Papierkorb. Und das Haus verlässt.

Kommendes Jahr wird sie, wie auch in den vergangenen 36 Jahren, also wieder ganz allein am Weihnachtsabend sein. Besser allein als in schlechter Gesellschaft, denkt sie bei sich, als sie mit ihrem dicken Rucksack auf dem Rücken – ein bisschen an Knecht Ruprecht erinnernd – durch den Schnee von St. Moritz stapft.

AUF DEN WOGEN DES GEDANKENMEERS

EINE REISE IN DIE GESCHICHTE DER WEIHNACHTSGLOCKE

VON JONAS NAPILETZKI

Seine Hände waren mit Motoröl verschmiert, als die Alarmglocke anfing, zu schrillen. Es war ein hässliches, altes Ding das über der Tür zum Maschinenraum hing. Und es erinnerte Djamal an hässliche Tage in seinem Leben. Tage, an denen er noch nicht für die Reederei gearbeitet hatte, deren Namen er nicht aussprechen konnte. Tage, an denen eine solche Glocke nur geschrillt hatte, wenn über seiner Heimat wieder einmal Bomben niedergingen.

Die musste Djamal hier nicht mehr fürchten. Das war mit ein Grund, warum er in jenem Jahr mit einem Frachtschiff zur See fuhr. Und natürlich, um bei seiner Frau zu sein. Das Meer war groß – und doch hatte Djamal immer das Gefühl, seiner ertrunkenen Liebe näher zu sein, wenn die Wellen, das Rauschen und der Geruch des Salzes seinen ganzen Körper zum Zittern brachten. Der Wind in seinen Haaren fühlte sich für Djamal an, wie der Atem seiner Frau in seinem Nacken, kurz bevor sie ihn küsste. Das Krachen der Container auf dem Schiff erinnerte ihn an Geräusche auf dem Marktplatz seiner Heimatstadt. Das Kreischen der Möwen ähnelte der Tonlage all jener Menschen, die auf der Überfahrt in einem Schlauchboot ihr Leben ließen. Und den salzigen Geschmack verband der Geflüchtete noch immer mit den eingelegten Oliven, die er in seiner Heimat so geliebt hatte – ein Teil der wenigen positiven Erinnerungen, die er an seinen Geburtsort hatte.

Hektisch vorbeilaufende Matrosen rissen Djamal aus seinen Gedanken. Die Alarmglocke schrillte immer noch. Hinzugekommen war ein Telefon, das nahe des Schiffsmotors einzig und allein auf die Brücke verbinden konnte. Am Apparat meldete sich der Kapitän. »Wir brauchen endlich wieder volle Leistung«, raunzte der bärtige Europäer gerade so laut, dass Djamal den missgelaunten Unterton heraushören konnte. Während er hektisch versuchte, ein verschlissenes Ventil aus der Verankerung des Kolbens zu zerren, überlegte Djamal, was den Kapitän so verstimmt hatte. Nicht, dass seine schlechte Laune besonders ungewöhnlich gewesen wäre. Aber immerhin hatte der Kapitän an diesem Morgen irgendetwas von ›Weihnachten‹ gesagt. Djamal konnte mit dem Begriff nichts anfangen – wie mit so vielen Begriffen der ihm noch fremden Sprache. Denn: Im Maschinenraum redete er wenig. Und auch unter den Matrosen hatte er kaum Kontakte geknüpft. Doch auch wenn er kaum Sprachkenntnis besaß: ›Weihnachten‹ – das klang aus dem Mund des Kapitäns wie etwas sehr Angenehmes.

Dass die Stimmung dennoch hinüber war, schob der Geflüchtete auf Umstände, mit denen niemand vom Schiff etwas zu tun hatte. Krach an Bord hatte es jedenfalls keinen gegeben. Es gab also nur eine Möglichkeit: Vermutlich trieb wieder eines der Flüchtlingsboote umher, auf die die Frachtschiffe in jüngster Vergangenheit immer öfter stießen. Seit geraumer Zeit versuchte die Küstenwache, Boote mit hohen Wellen zurück aufs Meer zu drängen – dorthin, wo sich große Schiffe um die Menschen aus kleinen Ländern kümmern müssen. ›Push-Back‹ nannte man dieses illegale Vorgehen, was bekannt war, aber dennoch toleriert wurde. Djamal und die restliche Crew waren mit ihrem Schiff nah genug an der Küste, um immer wieder in Seenot geratene Boote retten zu müssen. Und genau das war dem Kapitän zuwider. Er wollte weder anhalten noch Flüchtlinge an Bord nehmen, die ihm später Probleme bei der Einreise nach Europa bescheren würden. Dass ausgerechnet der Motor, an dem Djamal arbeitete, just in diesem Moment nur mit halber Kraft funktionierte, war für die Geflüchteten in ihren roten Schlauchbooten wohl ein Wink des Schicksals. Denn das Ventil hatte der junge Schiffsmechaniker noch immer nicht aus der Fassung bekommen – einer der Kolben stand still. Das Containerschiff schob sich deshalb nur langsam an den insgesamt drei Gummibooten vorbei. Der Kapitän realisierte, dass er diesmal nicht würde wegschauen können. Und Djamal wusste zu diesem Zeitpunkt noch nichts von den Booten. Der Motorraum hatte kein Fenster, nur mehrere Neonröhren sorgten für etwas Licht. Trotzdem spürte der junge Mann tief in seinem Inneren ein Gefühl der Hoffnung, als er auch den zweiten Kolben allmählich verstummen hörte – jemand musste ihn von der Brücke aus gestoppt haben.

Der Schiffsmechaniker hatte plötzlich viel Zeit für die Reparatur. Matrosen ließen Rettungsboote herunter. Einige Rettungsringe flogen rund 50 Meter vom Deck in die Tiefe, bevor sie hart auf dem Wasser aufschlugen. Parallel dazu ankerte das

Schiff, der Kapitän traf erste Vorkehrungen. »Der Schiffsarzt soll die Ankömmlinge untersuchen«, meinte er. Noch immer waren nicht alle Menschen auf der Welt gegen das jüngst grassierende Virus geimpft. Mutationen in Europa? Das wollte der Kapitän wahrlich nicht verantworten. Dass die Pandemie an seinen ungebetenen Gästen, die er nur des Gesetzes wegen retten musste, weitgehend vorbeigezogen war, bedachte der bärtige Mann dabei nicht. Djamal hörte den Kapitän und schmunzelte – hatten viele Flüchtlinge doch schon lange kein Dach mehr über dem Kopf. Und erst recht keines, das auch nur ansatzweise den Ansprüchen eines Innenraums genügen würde, in dem sich Aerosole bilden könnten. Da war der Kapitän selbst eine größere Gefahr – immerhin teilte er sich das Bett in jedem Hafen mit einer anderen.

Wenig später – Djamal war noch immer nicht mit der Reparatur fertig – fanden sich insgesamt 34 Menschen an Bord wieder. Die meisten darunter waren junge Männer, manche kräftig, manche erschöpft. Manche krank und manche schlecht gelaunt. Und doch alle dankbar für die Rettung. Der Schiffsmechaniker wurde damit beauftragt, zu übersetzen. Weit kam er dabei nicht. Viele der Neuankömmlinge waren bereits eingeschlafen, zusammengerollt zwischen Tauen, Bootsfetzen und Decken. Der einzige, der nicht schlafen konnte, war der Kapitän. Die Sonne war längst am Horizont versunken. Stunde um Stunde – seine Schicht war schon durch den ersten Offizier abgelöst worden – ging er zwischen den Containern umher. Er war auf der Hut, traute weder seiner eigenen Mannschaft noch den Ankömmlingen.

Am nächsten Tag sollte das Schiff in einen Hafen einlaufen. Ladung sollte gelöscht werden. Der Kapitän nutzte die Gelegenheit, um seine Nervosität abzubauen – er verschwand für eine Nacht im rötlichen Licht der Hafenstadt. Djamal beobachtete seinen Schatten, doch der bärtige Mann war schnell hinter einigen Laternen verschwunden.

Der Mechaniker und die restliche Crew waren vom Chef des Schiffs derweil damit beauftragt, auf die Geflüchteten aufzupassen. Gesundheitliche Versorgung, kochen, Schiff putzen, Vorräte auffüllen, tanken und Ladung sichern – alle Angestellten der Reederei waren beschäftigt. Auch in der Nacht zum übernächsten Morgen. Unbemerkt hatten sich schon am Vorabend Taucher ins Hafenbecken gelassen. Dunkle Schatten jagten immer wieder unter dem langen Rumpf auf und ab, ohne von der Besatzung des Schiffes bemerkt zu werden. Fündig wurden die Gestalten erst in der zweiten Nacht. Eine Luke knapp über der Wasseroberfläche, die für die Besatzung von Schlepperbooten im Hafenbereich verwendet wurde, war leicht zu knacken. Die Ausrüstung aus dem Taucheranzug reichte, um das Schloss zu öffnen. Erneut unbemerkt gelangten die Taucher in den Schiffsbauch.

Die Ankömmlinge waren nicht zufällig im eiskalten Wasser dieser noch kälteren Dezembernacht unterwegs. Vielmehr war die Aktion von langer Hand geplant – Ziel und Motivation war eine Bereicherung Ärmerer am Konsumrausch der westlichen Welt. Hätte sie jemand gefragt, hätten die Taucher sich wohl am ehesten mit Robin Hood verglichen. Denn: Jeden Tag, jede Stunde und jede Minute waren aus Sicht der Aktivisten zu viele ungleich verteilte Güter auf den Weltmeeren unterwegs. Und zu keiner Zeit im Jahr war die Dichte der wertvollen Waren so hoch wie kurz vor Weihnachten. Das wussten die Aktivisten und wollten es ändern.

Container um Container arbeiteten sich die Schattengestalten voran. Just in den Arealen, in denen der Kapitän zwei Abende zuvor schlaflos umhergestreift war. Er hatte sich auf die Suche nach Flüchtigen begeben, die ihn – da war er sich sicher – beklauen wollten. Doch die Neuankömmlinge auf dem Schiff hatten weiß Gott anderes als Konsumrausch oder dessen Verhinderung im Kopf. Auch die Lösung von Luxusproblemen war für viele Menschen dieser Zeit ein Luxusproblem. Schlaf, Gesundheit und Frieden waren die Güter, nach denen die meisten der jungen Männer strebten. Das wusste der Kapitän jedoch nicht. Ebenso wenig wusste er, dass die so gefährlich wirkenden Aktivisten eigentlich nach Idealen handelten, die viele Flüchtige bereits unwissend verinnerlicht hatten, nur dass die Taucher in einer komfortableren Ausgangssituation waren. Westlich lebende Menschen – der Kapitän eingeschlossen – hätten jedoch beide Seiten für schlecht befunden. Menschen wie er beschäftigten sich nur höchst ungern mit Problemen, selbst wenn es sich dabei um Luxusprobleme handelte.

Djamal machte sich viele solcher Gedanken in dieser Nacht. Unruhig wälzte er sich hin und her. Die Sonne war fast aufgegangen, als er sich plötzlich nur noch in eine Richtung wälzen konnte. Für einen Moment dachte der Schiffsmechaniker, dass der gestrige Gin Tonic (wohlgemerkt kein Tonic mit Gin, sondern andersherum) wohl noch nicht ganz abgebaut war. Doch als zusätzlich lose Teile der Ladung ins Rutschen gerieten, war klar: Das Schiff hatte Schlagseite.

Zu diesem Zeitpunkt waren die Taucher längst mit den wertvollsten Dingen aus den Containern zurück ins Meer verschwunden. Schatten für Schatten waren sie in die kalte Nacht geglitten. Selbst das leise Plätschern beim Eintauchen wurde übertönt von der Brandung größerer Wellen an der Hafenmauer. Weiße Gischt spritzte in die Höhe. Und Welle für Welle spritzte das Wasser auch in die offene Luke an der Schiffsseite. Es dauerte nicht lange, bis 34 erholt wirkende junge Männer an Djamal herantraten – oder besser: wankten. Während sich der

Kapitän noch immer in der Stadt vergnügte, drohte das Schiff tatsächlich zu sinken.

Viel Erfahrung im Umgang mit Schiffen hatten die meisten der in Schieflage Geratenen zwar nicht, aber einige von ihnen brachten dennoch Wissen mit, das Djamal nützlich erschien. Ohne lange zu zögern – er war ohnehin der Einzige, der sprachlich in der Lage war, die Truppe zu koordinieren – setzten die Ankömmlinge unter der Weisung Djamals alle verfügbaren Talente ein. Während sich einer um die Aufrechterhaltung der Elektrik, Kühltechnik und Notstromaggregate kümmerte, dichteten Wasserspezialisten die Luke ab. Andere installierten eine Pumpe, sicherten die Ladung und verschlossen offene Container. Die meisten der Geretteten konnten dabei auf Erfahrungen aus ihren gelernten Berufen zurückgreifen.

Djamal verständigte den Kapitän. Bis zu dessen Eintreffen war die meiste Arbeit aber bereits getan. Der Chef des Schiffs war just einen Tag vor Weihnachten so gut gelaunt wie nie. Der Frachter würde zur Klärung der Umstände wohl einige Zeit im Hafen bleiben müssen. Und dort hatte der Kapitän gerade eine Frau kennengelernt, die er ohnehin noch einmal besuchen wollte. Gut versichert waren die Container obendrein. Nur, dass das Containerschiff von Geflüchteten gerettet wurde, überraschte ihn ebenso wie die Tatsache, dass ausgerechnet sein Mechaniker – ebenfalls ein ehemaliger Flüchtling – die Rettung koordiniert hatte.

Die Erfahrung tat dem verschrobenen Europäer gut: Erste Vorbehalte wichen mit den Sorgenfalten des Kapitäns, seine Stirn glättete sich allmählich. »Danke«, sagte er zu Djamal. Und: »Was hältst du davon, wenn wir Weihnachten alle zusammen feiern?« Der Geflüchtete und die 34 Neuankömmlinge wussten abermals nicht, was es mit dem Wort auf sich hatte.

Aber Djamal spürte zum zweiten Mal eine gute Laune herüberschwappen, die ein wohliges Gefühl auslöste. Seine ertrunkene Frau verschwand für den Bruchteil einer Sekunde aus seinen stechenden Erinnerungen. Nicht, weil er sie jemals vergessen könnte. Sondern, weil er zum ersten Mal seit ihrem Tod wieder Freude und Wärme verspürte.

Die Besatzung beschloss, zum Einkaufen zu gehen. Auf den Märkten des Hafens kannte sich der Kapitän nicht aus. Aber Häfen hatten zu dieser Zeit einen entscheidenden Vorteil für kulturell gemischte Gruppen: Es gab Essen aus aller Welt, mit allen Geschmacksrichtungen und in allen Formen und Farben. Als sich 34 junge Leute, Djamal und der Kapitän durch die Stände mit Fisch, Gebackenem, Süßem und Salzigem wühlten, wurden sie von den Verkäufern misstrauisch beäugt. Und doch war der Einkaufstrip ein voller Erfolg. Die die Berge von Lebensmitteln hätten mehrere Container füllen können.

Der Kapitän war noch immer sehr gut gelaunt und beauftragte Djamal, etwas Leben ins Schiff zu bringen. Der Mechaniker ging also über den Markt und lud sympathisch aussehende Menschen aufs Deck ein. Dabei erzählte er jedem, der ihn nach dem Grund fragte: »Es ist Weihnachten.« Selbst einen Tannenbaum organisierte der Moslem, der aus seiner Heimat weder das Fest noch die Rituale kannte. Darauf kam es an diesem Abend aber auch nicht an.

Denn es war nicht nur ›Weihnachten‹, es wurde auch ein rauschendes Fest. Und es kam, wie es kommen musste: Djamal hatte unter den zahlreichen Leuten auf dem Markt unwissentlich auch etliche Taucher eingeladen, die noch vor einigen Stunden als Schattengestalten zwischen den Containern hin und her gehuscht waren. Der Kapitän saß in der Mitte des Decks, neben dem Tannenbaum. Mit der neuen Frau, in die er sich gerade zu verlieben begann, hatte er es sich in einer Hollywoodschaukel bequem gemacht, die aus einem der geöffneten Container herausstand. Viele Stunden lang feierten die Gäste – etwa 100 an der Zahl – mit jeder Menge Alkohol bis tief in die Nacht hinein. Eine wahrhaft stille Nacht wurde es erst, als der Morgen dämmerte.

In regelmäßigem Abstand quietschte die Hollywoodschaukel des Kapitäns. Im gleichen Takt schnarchte Djamal – auch er schien sein Glück neben einer der Geretteten gefunden zu haben. Daneben waren die anderen Besatzungsmitglieder eingeschlafen. Während zeitgleich die Morgendämmerung über dem Containerschiff Einzug hielt und lange Kräne am Ufer noch längere Schatten warfen, nutzten die Taucher die Gunst der Stunde, um ihr Gewissen zu bereinigen. Sie hatten gut gegessen, viel getrunken, hatten Gastfreundschaft und Nächstenliebe erlebt. Alle Dinge, die sie den Containern entnommen hatten, wickelten sie deshalb in Glanzpapier. Geschmückt mit bunten Schleifen stapelten sie die ›Geschenke‹ Stück für Stück rund um die Hollywoodschaukel des Kapitäns. Und als dieser aufwachte und die hohen Türme an verpackten Paketen bestaunte, waren die Taucher – wieder einmal unbemerkt – längst in den kalten und dunklen Wellen neben dem Schiff verschwunden.

Der Kapitän konnte seinen Augen kaum trauen. Wahrhaft alles, was aus den Containern verschwunden war, war über Nacht wieder aufgetaucht. Diebe hatten ihr Diebesgut zurückgebracht. Flüchtlinge und ein Mechaniker hatten sein Schiff gerettet. Er hatte Flüchtlinge gerettet. Seine neue Frau hatte ihn vor der Einsamkeit gerettet. Die Taucher hatten ihn vor der Illusion, Frachtschiffe und Konsumzwang würden nur Gutes bewirken, bewahrt. Er beschloss, seiner Familie künftig ebenfalls nur noch sinnvolle und nachhaltige Dinge zu schenken. Damit rettete er künftig vielleicht sogar ein kleines bisschen die Welt. Zählte man alles zusammen – und manches wusste der Kapitän noch gar nicht –, war für den bärtigen Europäer klar: Es war eine Art Weihnachtswunder geschehen.

Wenig später setzte sich das Schiff in Bewegung. Djamal hatte den kaputten Kolben repariert. Die Crew war um 34 Menschen gewachsen – ganz offiziell. Gemeinsam löschten sie einige Container, füllten erneut ihre zur Neige gegangenen Vorräte auf und machten sich auf zu neuen Ufern. Nach einigen Tagen auf See, in denen der Kapitän und die Crew viel kulturellen und sprachlichen Austausch betrieben, fand sich die Besatzung vor der Mündung eines Kanals wieder.

Weihnachten lag bereits einige Tage zurück – doch die Erlebnisse waren tief in den Herzen der Schiffsbewohner verankert. Ebenfalls geankert, jedoch ohne positive Hintergedanken, hatte unweit der Kanalmündung ein weiteres Schiff. Darauf – Djamal war eigentlich davor gewarnt worden – befanden sich mehrere Männer, die sich eilig in Schlauchboote begaben und das Containerschiff umringten. Es waren Piraten. Wie die Crew später erzählte, wurden diese beispielhaft für die Lehre von Weihnachten. Denn: Jeder von den Piraten hatte Waffen und eine große Portion Ehrgeiz dabei, die Ungerechtigkeit dieser Welt endlich auszumerzen – zum eigenen Vorteil.

Das jedoch wusste der Kapitän nicht. Er löste rasch den Alarm aus, seine Crew stürmte zu den Rettungsbooten und Rettungsringen. Mit großer Herzlichkeit half die Besatzung den Eindringlingen aufs Deck und brachte Essen und Lebensmittel herbei. Die Piraten waren erstaunt, geradezu schockiert und überrascht von der Freundlichkeit, die ihnen entgegengebracht wurde. So erstaunt und überrascht, dass sich niemand traute, seine Waffe zu ziehen und zum Angriff überzugehen.

Stillschweigend ließen die Eindringlinge ihr tödliches Equipment ins Meer fallen. Sie lernten die Menschen kennen, wurden gut versorgt und mit Wohlwollen verwöhnt. Nach dem Verlassen des Schiffs einige Stunden später gedachten die Piraten, künftig auf Mord und Totschlag zu verzichten.

Das Containerschiff fuhr indes in Richtung Europa. Vor den Küsten fing die Alarmglocke noch einige Male an zu schrillen. Die Besatzung lernte weitere Kulturen kennen, viele brachten etwas mit. Kein Gold, Weihrauch und Myrrhe – aber Friede, Verständnis und Liebe. Und mit jedem Menschen, der ein kleines Stückchen zur Völkerverständigung beitrug, merkte Djamal, wie in ihm etwas keimte. Hätte er gewusst, dass man dieses Gefühl Hoffnung nennt – er hätte es so genannt. Denn Djamal hatte gelernt, dass auch vermeintlich schlecht handelnde Menschen meist einen guten Hintergedanken haben.

Von diesem Tag an sah der Mechaniker in der hässlichen, alten Alarmglocke, mit der alles angefangen hatte, etwas anderes: Sie erinnerte ihn künftig daran, dass man jeden Tag die Möglichkeit hat, zu helfen, zu lieben und andere Menschen zu schätzen. Er nahm sich fest vor, jeden Tag Weihnachten zu leben, als wäre es ein Gefühl. Ganz so, wie Djamal das Wort ursprünglich verstanden hatte, bevor ihm klar wurde, dass dieser Gedanke zwischen Konsum und Kaufrausch längst untergegangen war. Aber für solche Fälle waren ja immer noch Rettungsringe an Bord.

Der Vater beendete seine Geschichte und strich seinen Kindern sanft über den Kopf. »Danke«, sagte seine Tochter. Sie war es, die gefragt hatte, warum vor der Bescherung immer eine Glocke geläutet wurde. Mit der Erklärung ihres Vaters war sie mehr als einverstanden – sie nahm sich fest vor, die Glocke unter dem Baum künftig öfter schrillen zu lassen. Zumindest gedanklich, ganz so, als wäre jeden Tag Weihnachten.

DAS WEIHNACHTSATTEST

VON PIA ROLFS

Wenn die Menschen mich Weihnachten im Zug treffen, glauben sie immer an Schicksal. Dabei habe ich sie mir genau ausgesucht. Ich bin in den Zügen unterwegs, mit denen sie vor den Festtagen alle fahren – hauptsächlich von Norden nach Süden, die großen ICE-Strecken. Ich bin wie der mobile Brezelverkäufer, nur dass ich ihnen etwas anbiete, das ihr Leben verändert. Und ihre Weihnachtsfeste.

Ich erkenne meine potenziellen Kunden sofort, meine Erfahrung macht sich bezahlt. Die Frau habe ich schon in Hannover auf dem Bahnhof beobachtet. Halblange blonde Haare mit ersten grauen Strähnen, mittleres Alter, etwas verhuscht. Sie zieht einen kleinen Rollkoffer und trägt über ihrer Schulter eine große grüne Tasche – bestimmt fährt sie zu ihrer Familie. Sie ist auf jeden Fall alleinstehend, das Tragen schwerer Gepäckstücke gewohnt, die niemand ihr abnimmt. Wahrscheinlich besucht sie ihre Eltern, nein, nur ihre Mutter. Ihr Blick ist ein wenig scheu und vaterlos. Es scheint eine von denen zu sein, die sich nicht viel zu sagen trauen. Sie ist perfekt für mich.

Die größte Herausforderung bleibt, dass ich in den überfüllten Zügen vor Weihnachten einen Platz neben der Zielperson bekomme – ›Opfer‹ klingt so negativ. Aber da habe ich einige Tricks entwickelt. Meistens gebe ich vor, dass ich genau den Sitz reserviert habe, auf dem der Betreffende Platz nehmen will. Ich beharre nicht darauf, beginne freundlich zu plaudern und sage, dass ich weiter hinten in einem anderen Abteil noch freie Plätze entdeckt habe, vielleicht könnten wir uns dort weiter unterhalten. Die Menschen, die ich ins Visier nehme, wollen immer reden. Ihre Einsamkeit kann ich wittern. Und die zufällig freien Plätze sind dann die, die ich wirklich reserviert habe. Schon sitzen wir zusammen.

Auch bei ihr klappt das sofort. Ich helfe ihr, den Koffer oben in die Ablage zu stopfen, die im Grunde für jedes Gepäck zu klein ist. Ihre vollgepackte grüne Tasche will sie unbedingt bei sich behalten, klemmt sie fast ängstlich zwischen ihren Waden fest. »Sind wohl wertvolle Geschenke drin«, sage ich in scherzhaftem Ton und zwinkere. Nicht anzüglich natürlich, nur charmant. Ich muss so vertrauenserweckend wie möglich wirken, mein gutes Aussehen macht gerade Frauen eher skeptisch. Sie trauen so attraktiven Männern wie mir nicht, und natürlich haben sie recht. Wobei sie nicht ahnen, dass ich nicht an Sex mit ihnen interessiert bin. Aber ich lasse sie mit dem Gedanken spielen, dass ich mit dem Gedanken daran spiele. So bleiben sie am Haken.

Die Frau allerdings wirkt abwesend, in sich versunken, als würde ein Problem in ihrem Kopf kreisen. Sie nimmt mich nur am Rande wahr, holt gleich ein Buch hervor, schlägt es aber noch nicht auf. Ein Buch, kein Smartphone, sie muss über 45 sein. Es scheint mir notwendig, einen weiteren Köder auszuwerfen, bevor sie anfängt zu lesen. Bücher können mir das Geschäft schwer machen, weil sie Menschen vergessen lassen, dass sie einsam sind.

Langsam packe ich daher die beiden nach Kresse duftenden Avocado-Wraps aus, die ich im Bahnhofssupermarkt gekauft habe. Parmaschinken ist kritisch, Avocado geht immer. »Möchten Sie auch eines?«, frage ich, als ob mir das gerade erst einfiele. »Ich habe vorhin zwei gekauft, aber jetzt ist mir das zu viel. Meine Augen waren wohl größer als mein Magen. Und außerdem muss ich noch Platz lassen für all die Stollen und Lebkuchen.« Ich klopfe mir auf den flachen Bauch – seit meiner Zeit in der Zelle mache ich täglich Sit-ups. Selbstkritisch und ein klein wenig hilflos ist bei Frauen die Erfolgskombination. Unglaublich, wie viele Männer es mit Prahlen versuchen, wo doch diese Masche wesentlich besser zieht. Aber ich gebe zu, der Moment ist kritisch. Wenn sie jetzt nicht reagiert, kann es scheitern.

»Vielen Dank, aber genauso geht es mir auch«, erwidert sie glücklicherweise. Ihr Lächeln ist schüchtern, als wolle sie sich vortasten, sie schaut mich von der Seite an. »Ich darf gar nicht daran denken, was ich da alles essen muss.«

Ich habe es gewusst, sie ist die Richtige. »Was gibt es denn bei Ihrer Familie an Heiligabend?«, frage ich scheinbar beiläufig. Ein Stoßseufzer entfährt ihr. »Gänsebraten mit Rotkohl und Klößen, gefühlt 5.000 Kalorien.« – »Aber bestimmt sehr lecker. Oder nicht? Mir können Sie die Wahrheit sagen.« Ich schaue sie aus meinen grünen Augen direkt an. Das wirkt. Sie ist eine von denen, die lange nicht mehr angeschaut wurden. Prompt legt sie das Buch zur Seite, das sie bis dahin unschlüssig in der Hand gehalten hat. Jetzt lenkt sie sich doch lieber mit mir ab, wovon auch immer.

»Nein, eigentlich mag ich Gans schon lange nicht mehr, ich bin seit Jahren Vegetarierin«, gibt sie zu. »Aber Weihnachten muss ich immer eine Ausnahme machen – meiner Mutter zuliebe.« Ihr sehnsuchtsvoller Blick ruht auf meinem zweiten Avocado-Wrap. Wäre sie meine Freundin, würde sie sagen: »Ich will nur mal kosten.« Ich kenne diesen Ausdruck. Aber Freundinnen brauche ich nicht mehr. Die kann ich mir noch zulegen, wenn ich mich in die Karibik abgesetzt habe.

»Ja, da sitzen wir wohl alle im selben Boot«, versuche ich, Gemeinsamkeit zu schaffen. »Dann ist es bei Ihnen wohl auch so, dass es dasselbe Gericht alle Jahre wieder gibt? Jede Familie hat da ja ihre Tradition ...« Sie nickt eifrig. »Solange ich denken kann. Eigentlich sind die Klöße noch schlimmer als der Braten. Aber ich bin selbst schuld. Als Kind habe ich mal gesagt, dass ich Klöße liebe und damit wohl ein lebenslanges Abo abgeschlossen. Denn seitdem heißt es: Evi liebt Klöße.«

Evi heißt sie also. Ich frage, ob wir uns duzen wollen, stelle mich ihr vor. Natürlich nicht mit meinem richtigen Namen, sondern mit dem, mit dem ich später unterschreiben werde. Sie ist einverstanden. »Warum hast du denn damals gesagt, dass du Klöße liebst?«, will ich wissen.

Sie wendet sich zu mir, ich fühle ihren Entschluss, sich mir zu öffnen. Es ist ja nur ein Fremder im Zug, wird sie sich sagen, ich muss ihn ja nie wieder sehen. Schon ist der Bann gebrochen. »Ich wollte nett zu meiner Mutter sein, weil sie mir leidtat«, erzählt sie. »Mein Vater hat nie irgendetwas gelobt, und sie hat sich immer solche Mühe gegeben, gerade mit den Klößen. Stundenlang stand sie dafür jeden Heiligabend in der Küche, während er mit meinem Bruder *Wir warten aufs Christkind* schaute, als wäre er selbst ein Fünfjähriger. Wissen Sie ... weißt du, wie man Klöße macht?« Ich schüttele den Kopf.

»Man kocht einen Teil der Kartoffeln, übergießt ihn mit kochender Milch und zerstampft ihn. Die anderen reibt man in kaltes Wasser, gibt die Masse auf ein Küchentuch und wringt sie aus. All das verknetet man mit Stärke und Salz, formt Klöße und steckt jedem noch einen in Butter gerösteten Brotwürfel in die Mitte. Dann lässt man sie bei kleiner Hitze im Wasser ziehen, und wenn man Glück hat, zerfallen sie nicht.« Evi hat die Geburt der Klöße so verinnerlicht wie andere Menschen die biblische Weihnachtsgeschichte. »Es ist so unglaublich aufwendig«, meint sie mir noch erklären zu müssen. »Andere Mütter haben Heiligabend einfach Kartoffelsalat mit Würstchen hingestellt, aber sie fand das lieblos. Sie wollte wohl einen Maßstab setzen, dass man in unserer Familie etwas Besonderes leistet.« – »Erstaunlich, dass dir das als Kind aufgefallen ist«, kehre ich den Psychologen heraus. »Du musst sehr sensibel gewesen sein.«

Sie errötet ein wenig, ist Komplimente nicht gewohnt und ihnen offenbar hilflos ausgeliefert. »Na ja, so sehe ich das jetzt. Damals wollte ich lieber in keiner besonderen Familie leben. Eher bei denen, die Tonschilder an den Haustüren hatten wie ›Hier leben die Müllers‹ oder die jedes Jahr an dieselben Urlaubsorte fuhren. Ich dachte, so wären wirkliche Familien – und wir nur vier Menschen, die zufällig zusammenlebten und sich Weihnachten bei Gänsebraten und Klößen trafen.« Ich bin sicher, dass sie eine Therapie gemacht hat. Die meisten sehen ihre Kindheit nicht so distanziert. Sie ist jemand, der sein Leben schon mal ändern wollte und es nicht geschafft hat. Mir kann das nur nützen.

»Und dein Bruder ist morgen auch da?«, frage ich gespielt naiv. Erwartungsgemäß schüttelt sie den Kopf. Es gibt immer nur einen, der sich kümmert – egal, wie viele Geschwister es sind. »Nein. Mein Vater ist tot, und mein Bruder lebt in Kanada, er hat dort im Studium den Mann seines Lebens kennengelernt. Angeblich muss er immer mit dessen Eltern Weihnachten feiern, aber er flieht bestimmt vor den Klößen. Er kommt nur im Sommer nach Deutschland, wenn die keine Saison haben. Ein kluger Junge.« Evi ist witziger, als ich dachte, das muss ich einräumen, fast sympathisch. Aber Skrupel habe ich noch nie bekommen, Geschäft ist Geschäft.

»Dann feierst du also diesmal allein mit deiner Mutter?« Sie nickt. »Ja. In den letzten Jahren kam mein ... Ex-Freund noch mit, aber jetzt sind wir zu zweit.« Evi hält inne. Ihr wird klar, dass sie mir gerade signalisiert hat, dass sie Single ist. Sie fragt sich, ob das klug war. Als ob ich das nicht schon von Anfang an gewusst hätte.

Ich tue so, als ob ich überrascht wäre, mir das aber nicht anmerken lassen will. Schauspielerische Leistungen wie diese habe ich perfektioniert. »Haben die Klöße deinen Ex abgeschreckt?« versuche ich die Situation zu entkrampfen. Ihre Miene verdüstert sich. »Nein, er wurde von ihnen verschont, genauso wie vom Gänsebraten. Bei Viktor hat meine Mutter sofort akzeptiert, dass er Vegetarier ist. Er hat ihr erzählt, dass er Weihnachten als Kind immer Karpfen essen musste, die in der Badewanne geschwommen sind, er hatte sie dort liebevoll gefüttert mit Brotkrumen. Dieselben Fische nachher auf dem Teller zu sehen, war grausam für ihn. Nach Karpfen ›Berti‹ hat er keine Tiere mehr gegessen. Meine Mutter zeigte da sehr viel Mitgefühl. Von den Gänsen neben unseren Klößen sprachen wir natürlich nicht.«

Wahrscheinlich hätten einige Männer jetzt noch nicht begriffen, was passiert war. Aber mir ist alles glasklar. Frauen wie Evi sind Futterfische im Haifischbecken des Geschlechterkampfs. Diesmal geht die ewig gleiche Geschichte so: Nachdem sie für diesen Viktor jahrelang fleischlos gekocht hatte, wurde sie selbst Vegetarierin. »Fleisch hatte irgendwann für mich einen Beigeschmack, den ich vorher nicht wahrgenommen hatte«, erklärt sie, während der Zug in Göttingen einfährt. Ich lege Verständnis in meinen Blick. Sie soll glauben, dass es mir auch so geht. Dabei liegt mir das Schnitzel aus Bremen noch schwer im Magen. »Und Viktor ... feiert jetzt woanders?«, frage ich einfühlsam. »Ja, er hat sich ausgerechnet in eine Frau mit ›Kloß-Figur‹ verliebt und mich auf den 4.000 Euro für eine Seychellen-Reise sitzen lassen, die wir noch Anfang des Jahres gebucht hatten«. Sie schluckt, schlingt die Füße und Unterschenkel noch fester um ihre grüne Tasche am Boden, als ob sie damit etwas festhalten könnte. »Dorthin wollten wir dieses Weihnachten eigentlich entfliehen. Aber bei Trennung zahlt die Reiserücktrittsversicherung nicht, und allein fliegt man nicht ins Honeymoon-Hotel.«

Ich denke an meinen Flug in die Karibik in zwei Tagen, sehe Frauen im Bikini an weißen Stränden. Ohne Bikini. Ich muss mich auf die Arbeit konzentrieren, es ist noch nicht so weit. »Er hat dich nicht nur betrogen, sondern dich auch mit deiner Mutter und den Klößen alleingelassen«, fasse ich das Drama zusammen. Ihre Augen werden feucht, ihre Hände zittern sogar. Die Wunde ist offenbar noch frisch. Ich halte ihr meinen Wrap hin, sie nimmt ihn wortlos. Frauen sind so berechenbar.

»Aber warum sagst du deiner Mutter nicht einfach, dass du etwas anderes essen möchtest?« Evi wartet, bis sie fertiggekaut hat, wischt sich den Mund ab. Sie ist gut erzogen. Und wie allen gut erzogenen Mädchen ist ihr das zum Verhängnis geworden. »Das geht nicht. Sie hat doch nur noch mich und erzählt ihren Freundinnen seit Jahren: ›Evi liebt Klöße‹. Ihr Selbstbewusstsein hängt an ihren Kochkünsten. Außerdem ist sie gesundheitlich angeschlagen, ich bringe das nicht übers Herz.« Jetzt ist sie mitten in meinem Netz und zappelt nicht einmal. Es ist so einfach heute, dass ich mir Zeit lassen kann. Ich habe auf ihr Ticket geschielt und weiß, dass sie aus Hamburg kommt und erst in Frankfurt aussteigt.

»Das verstehe ich sehr gut.« Meine Stimme wird samten, das habe ich lange geübt im Gefängnis. »Man weiß ja nie, wie viele Weihnachten man noch zusammen feiern kann. Da möchte man nicht, dass es zu einem Streit kommt, den man sich hinterher nicht verzeiht.« Sie seufzt. »Ich habe auf diplomatischem Wege schon so viel versucht, sie etwa zu mir zum Essen an Heiligabend eingeladen. Da könne sie nicht richtig kochen, der Herd sei so komisch, hat sie gesagt.« Evi lacht auf. »Auf die Idee, dass ich das Essen machen könnte, ist sie gar nicht erst gekommen. Nur eines war noch schlimmer.« Sie verzehrt das letzte Stück vom Avocado-Wrap.

Ich schaue sie so an, dass es erwartungsvoll wirkt. Dabei ist für mich jede Familiengeschichte gleich. Alle fühlen sich unverstanden und erwarten, dass das zu Weihnachten plötzlich auf magische Weise anders ist. Und der ewige Kreislauf aus Anstrengungen, Stress und Enttäuschungen mündet immer in der Essensfrage. »Ich habe ihr einmal gesagt, dass es doch auch Klöße im Kochbeutel oder Kloßteig im Kühlregal gibt«, fährt Evi fort. »Das war, als hätte ich Michelangelo Malen nach Zahlen vorgeschlagen.« Ich muss lachen. Sie ist unterhaltsam, ich werde im Preis etwas runtergehen.

»Verträgst du die Klöße denn überhaupt?« Sie schaut mich verblüfft an. »Na ja, sie liegen wie Steine im Magen, und ich darf danach eine Woche lang nur noch Salat essen, damit ich wieder auf mein Vorweihnachtsgewicht komme. Aber gesundheitsschädlich sind sie natürlich nicht. Man darf sie nur nicht unzerkaut mit etwas Flüssigkeit schlucken.« Wirklich, Evi hat Talent zur Komik, ich hätte ihr das nicht zugetraut. Möglicherweise flirtet sie und verliebt sich in mich, ich erlebe das gelegentlich.

»Weißt du, ich bin Arzt, und manche Menschen können von so etwas tatsächlich gesundheitliche Probleme bekommen«. Ich schaue ernst. »Generell sind verarbeitete Produkte ja nicht so gesund. Wenn die Natur gewollt hätte, dass wir Klöße essen, hätte sie die doch gleich in der Erde wachsen lassen.« Evi schaut mich irritiert an, fragt sich vermutlich, ob ich ein esoterischer Spinner bin oder ein radikaler Nahrungsaktivist. Sie rückt ein paar Millimeter ab. Ich fasse ihr leicht auf den Unterarm, blicke ihr tief in die Augen. »Keine Sorge, Evi, ich bin keiner von diesen Abgedrehten. Ich meine nur: Deine Mutter würde dir doch nicht schaden wollen, wenn du da eine Unverträglichkeit hättest.«

»Eine Kloß-Unverträglichkeit?« Sie klingt skeptisch, ich muss deutlicher werden. »Ich könnte dir ein Attest ausstellen, dass du bestimmte Speisen nicht verträgst. Nahrungsmittelunverträglichkeiten sind en vogue, das wäre ganz einfach. Und ältere Leute zweifeln nicht viel an Ärzten, wir sind für die meisten noch Halbgötter in Weiß. Du müsstest deine Mutter nicht verletzen, aber auch nie mehr Gänsebraten mit Klößen essen. Es wäre eine Win-win-Situation.« Das dritte ›Win‹ verschweige ich.

»Aber wie soll das gehen?« Sie schaut aus dem Fenster zum Hauptbahnhof Fulda, wo sich Menschen auf dem Bahnsteig drängen. »Du hast mich hier im Zug untersucht, oder wie? Wann soll ich denn bei dir in der Praxis gewesen sein?« Das Mitdenken zeigt natürlich, dass sie interessiert ist. »Ich kann die Untersuchung auf den letzten Werktag auf einen beliebigen Ort datieren«, spule ich meine übliche Leier ab, »den Stempel meiner Praxis habe ich zufällig dabei.«

Sie schweigt ungewöhnlich lange, blickt nach dem Anfahren des Zuges starr auf die vorbeifliegende Landschaft. An dem

Punkt merken die hellen Köpfe, dass es kein Zufall mehr ist. Für den Fall, dass sie abspringen, habe ich mir aber längst ihre Adresse vom Kofferanhänger gemerkt. Die Familien zu finden, ist ein Klacks, nach allem, was ich aus den Gesprächen weiß. Ich kann die Kunden notfalls damit erpressen, dass ich ihren Müttern verrate, was sie wirklich von ihren Weihnachtsessen denken. Gestandene Männer habe ich da schon einknicken sehen.

Bei Evi allerdings hätte ich mit schnellerer Zustimmung gerechnet. Bekommt sie etwa Skrupel wegen einer kleinen Fälschung? Ich setze nach: »Evi, das ist keine große Sache. Ich habe das schon für einige Leute gemacht. Du bist doch nicht die Einzige, die ihr Kinder-Lieblingsgericht oder den Festbraten nicht mehr essen und ihre Mutter nicht kränken will. Ich nenne es Weihnachtsattest. Das ist eine Art ... Privatrezept.«

Jetzt müsste sie nach dem Preis fragen, aber zu meinem Erstaunen will sie etwas anderes wissen. »Auch auf gestern? Du könntest es auch auf gestern datieren?« Ich nicke. »Selbstverständlich, warum nicht?« – »Dann wäre klar, dass ich vorgestern, als ich mit ihr telefoniert habe, noch nichts von meiner Kloß-Unverträglichkeit wusste«, erklärt sie. Evi denkt mit, das gefällt mir. Ihre Augen strahlen plötzlich, sie fällt mir um den Hals. So viel Überschwänglichkeit hätte ich nach dem langen Zögern nicht erwartet, aber umso besser. Es muss nicht jeder so ein problematischer Kunde sein wie der dicke Geschäftsmann, dem ich vorhin eine Vanillekipferl-Allergie bescheinigte und der dann die 1.000 Euro nicht zahlen wollte.

»Wir können dort, wo du aussteigst, zum Geldautomaten gehen«, schlage ich ihr vor, nachdem ich das Attest ausgestellt habe. Demzufolge habe ich sie am 22. Dezember um 15 Uhr in Hannover untersucht, so wollte sie es haben. Sie neigt sich zu meinem Ohr. Für einen winzigen Moment sind wir uns fast so nah wie ein Liebespaar, sie riecht nach Frangipani. Tropische Blütendüfte streifen meine Nase. Wäre Evi 20 Jahre jünger und hätte eine größere Oberweite, könnte ich sie mir auf dem Sonnendeck meiner Jacht in der Karibik vorstellen, sie amüsiert mich. Aber das ist natürlich Unsinn, zügele ich meine Fantasie gleich wieder. Wäre sie jünger und schöner, müsste sie nicht witzig sein.

»Nicht nötig, ich habe zufällig ein wenig Bargeld dabei«, flüstert sie und greift Richtung Boden mitten in die große grüne Tasche. Ihre Mutter habe den Neffen in Kanada ein paar Scheine schicken wollen, da habe sie schon mal etwas abgehoben. Ich bin irritiert. Schließlich merke ich mir Familiengeschichten bis ins kleinste Detail, das ist meine Geschäftsgrundlage. »Neffen? Ich dachte, dein Bruder ist schwul?« Evi wirkt entrüstet über den Einwand. »Na und? Da kann man doch Kinder adoptieren. In Kanada ist das viel leichter als hier, die beiden haben drei Söhne.«

Evi schien mir nicht wie eine Frau, die Bargeld in einer Tasche mit sich herumtrug und ihre Neffen vorher nicht erwähnte. Alleinstehende Frauen sind normalerweise besonders begeisterte Tanten. Aber Hauptsache, wir sind im Geschäft. Wir tauschen Scheine gegen Attest, und bevor Evi in Frankfurt aussteigt, umarmt sie mich noch einmal. Sie muss wirklich sehr erleichtert sein, keine Klöße mehr essen zu müssen. Frohe Weihnachten wünsche ich ihr, und während ich das Geld wegstecke, fühle ich mich wie ein Wohltäter.

Am Heiligabend attestiere ich im ICE in Hamburg gerade einem Kunden eine schwere Form von Kartoffelsalat-Unverträglichkeit, als mein Blick auf eine Lokalzeitung fällt. Jemand hat sie in das Netz hinter dem Vordersitz geklemmt. Nachdem ich abkassiert habe, nehme ich sie heraus. In der Karibik werde ich deutsche Blätter lange nicht mehr zu Gesicht bekommen. Und mir gefällt, wie übersichtlich das Weltgeschehen in einer Zeitung angeordnet ist. Im Gefängnis hatte ich ein Freiabonnement.

Der Überfall auf den Politiker Viktor Kauber und seine frisch angetraute Ehefrau ist der Aufmacher im Lokalteil. Beide wurden am 22. Dezember in Hamburg nachmittags von einem Wagen angefahren, als sie von einer Weihnachtsspendenaktion für ein Karpfenschutzprojekt kamen. Ein politischer Gegner, ein Fall von Hasskriminalität, vermutet das Blatt. Das Projekt war höchst umstritten. Kauber hatte eine Spardose in Form eines riesigen Fisches bei sich. Mehrere 1.000 Euro Spenden könnten darin gewesen sein, heißt es. Doch der Porzellanfisch wurde leer und zerbrochen neben dem bewusstlos auf dem Bürgersteig liegenden Paar gefunden. Zeugen des Vorfalls gibt es nicht, es war eine einsame Straße am Stadtrand.

Es kommt mir plötzlich so vor, als rieche die Zeitung nach Frangipani. Deswegen also war Evi so begeistert, ich musste für sie ein Weihnachtsgeschenk des Schicksals gewesen sein. Sie brauchte ein Alibi, ich hätte mehr Geld verlangen können. Hatte ich mich also in ihr getäuscht? Ganz selbstkritisch denke ich: Keinesfalls. Ich durchschaue meine Kunden und vor allem die Frauen. Im Grunde ihres Herzens ist sie eine brave Tochter, die es jedem recht machen will. Und davon nahm sie sich nur mal eine kurze Auszeit, als sie das Paar anfuhr, liegenließ und sich ihr Geld für den Urlaub zurückholte. Dieser Viktor war aber auch zu weit gegangen. Denn wenn ich das Hochzeitsfoto sehe, mit dem die Zeitung den Artikel bebildert hat, kann ich Evi nur recht geben: Seine Neue sieht wirklich aus wie ein Kloß.

AUTORINNEN UND AUTOREN

Sophia Adams studierte Theaterwissenschaft sowie Film- und Medienkultur-Forschung in München. Während dieser Zeit verfeinerte sie ihre Ideen für mögliche Bücher, die sie nun allmählich verschriftlicht.

Thomas Eldersch – als studierter Germanist und Liebhaber der deutschen Sprache lag die Berufswahl Journalist nahe. Da man aber in der Zeitung selten dichten darf, bekam seine Fantasie eben so Freigang.

George Grodensky ist Lokalredakteur bei der Frankfurter Rundschau. Die ersten Jahre der Kindheit hat er in den USA verbracht. Inzwischen lebt der 46-Jährige mit einer entzückenden Familie im Taunus.

Sabine Hagemann, Jahrgang 1970, hat Anglistik und Amerikanistik in Frankfurt studiert und arbeitet als Lokalredakteurin für das Frankfurter WochenBlatt. »Ach, Kramperl« ist ihre erste Kurzgeschichte.

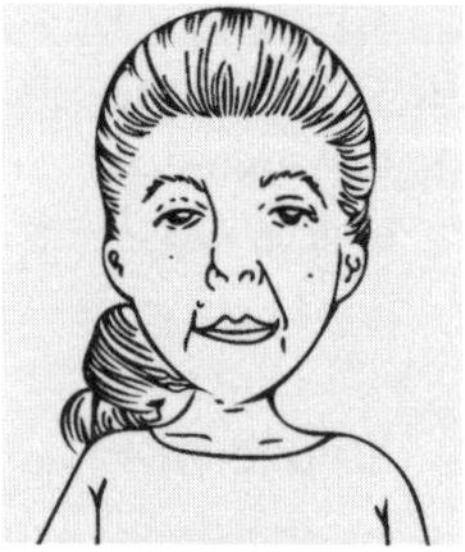

Edith M. B. Kastner, in ihrem geliebten Frankfurt geboren und aufgewachsen, für das Diplom des Kommunikationsdesigners nach Wiesbaden ausgebüxt, durch Frankfurter Agenturen getingelt und schließlich bei der Zeitung gelandet.

Klaus-Maria Mehr, eigentlich Regensburger aber seit 2014 Wahl-Tegernseer, dort auch volontiert bei der Tegernseer Zeitung und dann die Seiten gewechselt – seit 2016 Online-Redakteur und Online-Lokal-Experte. Davor hat er Politik studiert.

Sabine Münstermann, 49. BWLerin. Volontariat beim Fachverlag, danach dort Redakteurin. Seit 2000 Redakteurin bei der Taunus Zeitung. Lebt mit ihrem Mann und drei Kindern in Bad Homburg.

Foto: Thomas Plettenberg

Jonas Napiletzki, 2000 in München geboren, wuchs im Oberland auf. Seine Passion fürs Schreiben entdeckte er als Jugendlicher nach Schulschluss in Redaktionen des Münchner Merkurs. Dort arbeitete er früher frei, heute als Volontär.

Pia Rolfs, Jahrgang 1969, wuchs in Oldenburg auf und studierte Journalistik. Sie arbeitet seit 1999 in der Mantelredaktion der Frankfurter Neuen Presse, schreibt seit Januar 2000 täglich eine Glosse.

Jutta Stemmler, 1961 in Bad Hersfeld geboren. Schreibt seit der Schulzeit Geschichten und gewann mit dem Roman »Mord in Bad Hersfeld« einen Romanwettbewerb. Veröffentlichte im Selfpublishing noch einen weiteren Roman »Duke«.

Peter von der Beck ist Jahrgang 1963 und arbeitet seit den 90er Jahren als Redakteur und Reporter im Sauerland. Er hat eine Vorliebe für Science-Fiction, mag Katzen und lebt mit seiner Familie in Altena.

Jürgen Wagner, geboren 1965, arbeitet als Lokalredakteur bei der Wetterauer Zeitung. In seiner Freizeit tritt er mit hessischem Blues als »Zersinger/Songwriter« auf und widmet sich der Dylanologie.